Duan Surk
デュアン・サーク

Witch's Forest

Story
Mishio Fukazawa
Illustration
Takao Otokita
Design
Yoshihiko Kamabe

オルバがダガーを抜いた時、
デュアンのすぐ後ろから少女の叫び声がした。
「やめて！　わたしのクノックに何をするの!?」

ヒュドラーの首をオルバが切り落とし、
その切り口をデュアンが火であぶる。
空中からチェックがヒュドラーの動きを見張り、
ふたりに注意する。
この連携プレイがスムーズにいきだした時、ひとり、
相変わらずキャアキャアと騒ぎまわっていたのがアニエスだ。

「あんたねー！　どこ行ってたのよ。
肝心な時に役立たずなんだからあ！」
デュアンが気をゆるめたすきに、
彼の手から抜け出したアニエスが叫んだ。
オルバはそれには何も答えず、
重いロングソードを片手に下げて近づいてきた。

今でない時。
ここでない場所。
この物語は、ひとつのパラレルワールドを舞台《ぶたい》にしている。
そのファンタジーゾーンでは、アドベンチャラーたちが
それぞれに生き、さまざまな冒険談《ぼうけんだん》を生み出している。
わたしは、これから一人の勇者《ゆうしゃ》の物語をしようと思う。
ただし、彼が勇者と呼ばれるには、
まだまだ、たくさんの時が必要なのだが……。

デュアン・サーク ①
DUAN SURK
魔女の森 上

深沢 美潮
Mishio Fukazawa

イラスト／おときたたかお　デザイン／鎌部善彦

STAGE 1

1

人間、なにごとにも限界《げんかい》というものがある。

デュアンは、つくづく『空腹の限界』というものを体験していた。

「ギィース、ヒール、ギィ？」

肩《かた》にとまっていたチェックが小首を傾《かし》げてデュアンを見た。

ヒールの魔《ま》法《ほう》をかけようか？　と聞いているのだ。

チェックは体長ほんの十五センチ。通称《つうしょう》羽トカゲ、グリーニアの子どもだ。

透《す》き通るようなエメラルドグリーンの体で、背中に昆虫のような薄羽《うすはね》があり、それを広げて飛ぶ。大きな黒い目とデュアンが時々刈《か》ってやるフワフワの金色の髪《かみ》が愛らしい。

ほんの片言《かたこと》だけど人の言葉を操《あやつ》る。またごく低いレベルだったけれど守備魔法をちょっぴり使うこともできる。

好奇《こうき》心旺盛《しんおうせい》で、何でも点検《てんけん》してみなくては気がすまない性格。それで、デュアンは『チェック』という名前にした。

「ヒール、ギーッス？」

チェックは何度も繰《く》り返して聞いた。

今のデュアンには、チェックのかわいい声さえわずらわしい。

「……いいよ。いくら体力だけ回復したって……腹が減ってるのには変わりないし……チェックも疲《つか》れちゃうだろ」

肩《かた》で息をしながら、デュアンは一歩、また一歩と足を前に出しては進んでいった。

まともな食事を最後にとったのは、いつのことだろう!?

九月のあたたかな色の光が森の木々の間からふりそそいで、デュアンの髪《かみ》を小《こ》麦色《むぎいろ》に染《そ》めていた。

くそー。早くなんとかしなきゃ、すぐにまた日が暮《く》れちまう……。

しかし、焦《あせ》るのは気持ちだけ。頭も回らなければ、やる気も出ない。体のほうだけは、チェックのかけてくれるヒールの魔法《まほう》のおかげで、とりあえずもっているけれど。これでは、どうしようもない。

デュアンは額《ひたい》に張りついた前髪をかきあげ、立ち止まった。そして、何度ついたかわから

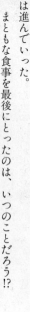

ないため息を深々《ふかぶか》とついた。

デュアン・サーク。

十六歳。もう二ヶ月と少しで十七になる。

冒険者《ぼうけんしゃ》レベルは二。

身長一七四センチ、体重五七キロ。ほっそりしているというより、ほとんどガリガリだ。

淡《あわ》い茶色の柔《やわ》らかな髪で、耳がかくれるほどの長さ。

目の色、グリーン。光線のぐあいによっては明るいグレーに見えることもある。

職種はファイター。しかし、それらしい仕事をしたことはまだない。まぁ、レベルの低さを見れば一目瞭然《いちもくりょうぜん》だろう。

レベル六あたりにくると、そろそろレベルアップが辛《つら》くなってくるが、初めのうちなら面白《おもしろ》いようにボコボコ上がるものだ。つまりデュアンのように、冒険者になって一年以上経《た》ってもなおレベル二だというのは、かなり効率《こうりつ》が悪いといっていい。

ボロボロの薄茶色の服に皮の短い茶のアーマー。膝《ひざ》のぬけたズボンに穴のあいたブーツ。

武器はドワーフにだまされて買わされた、オンボロのショートソードが一本きり。

物心《ものごころ》ついた頃《ころ》にはすでに両親はいなかった。死んだのか、それともただ単にデュアンたちを捨てていったのか、今となっては誰《だれ》もわからない。

彼の身内《みうち》と呼べるのは兄のゲイリー・サークだけ。

三歳違いの兄はデュアンとはほとんど正反対の人間で、体力もあり、小さい頃から喧嘩《けんか》の腕《うで》のほうもかなりのものだった。

一歩外に出ればモンスターたちがウヨウヨと徘徊《はいかい》しているようなところで、子供たちだけで暮《く》らしていくのはかなり辛《つら》い(とはいっても、そういう境遇《きょうぐう》の子供はとても多い)。

元々《もともと》体の弱かったデュアンがこれまでに成長できたのも、すべて兄ゲイリーのおかげだった。

ゲイリーは、それこそ何でもした。木こり、石の運搬《うんぱん》、大工、武器屋の下働き……。およそ子供には無理《むり》だと思えるようなハードな仕事も好んでやった。もちろんそれだけ実入《みい》りがいいからだ。

体の弱い弟は一ヶ月おきに病気をし、そのたびに高い薬代がかかった。

それでも、ゲイリーは文句《もんく》もいわずにせっせと働き、弟のために滋養《じよう》のつく食べ物を運び続けた。まるでヒナにエサを運ぶ親鳥のように。

彼にとって、唯一《ゆいいつ》の身内《みうち》であるデュアンのために働くというのは、ごくごく当たり前のことだったのだ。

Duan Surk Character File

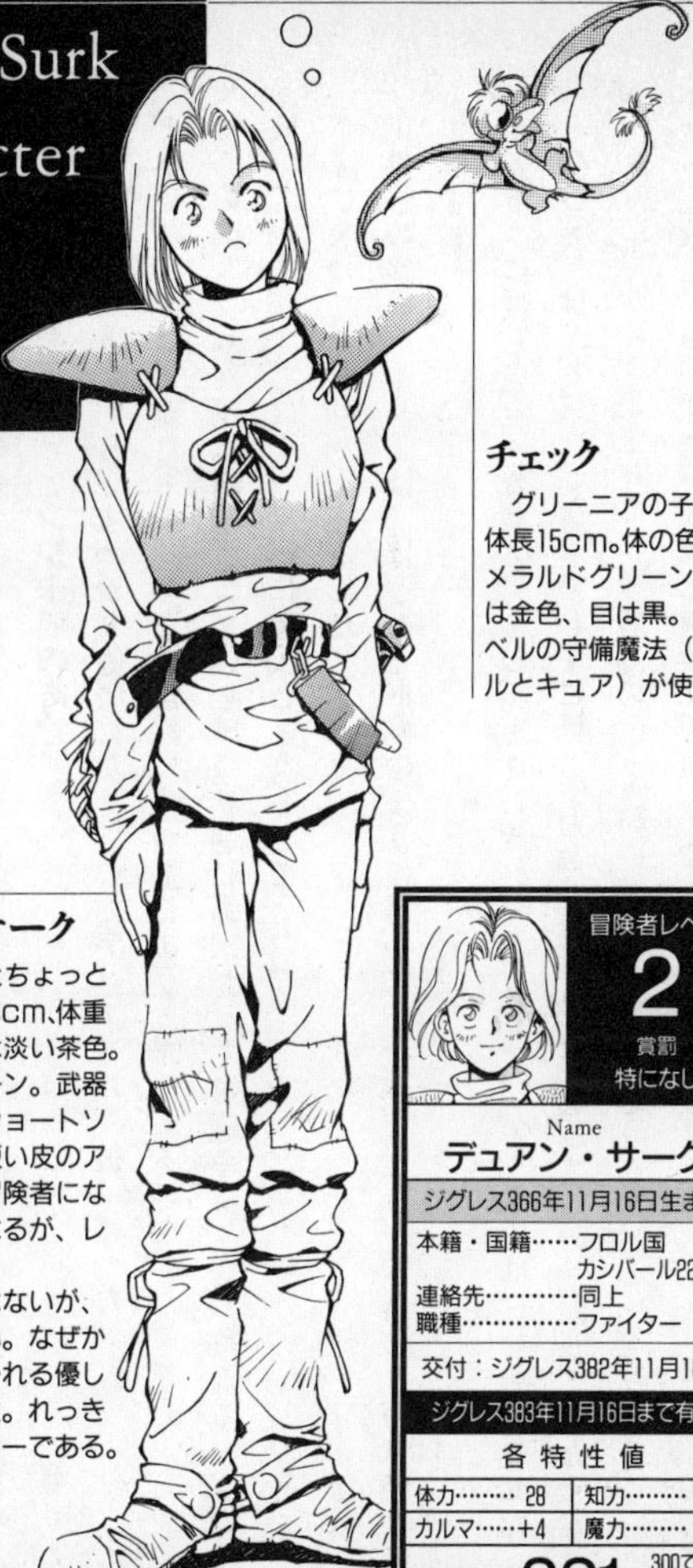

チェック

　グリーニアの子ども。体長15cm。体の色はエメラルドグリーン、髪は金色、目は黒。低レベルの守備魔法（ヒールとキュア）が使える。

デュアン・サーク

　あと2ヶ月とちょっとで17歳。身長174cm、体重57kg。髪の色は淡い茶色。目の色はグリーン。武器はオンボロのショートソード、防具は短い皮のアーマーだけ。冒険者になって約1年になるが、レベルはまだ2。

　体力に自信はないが、頭の回転は速い。なぜかおじさんに好かれる優しい性格の持ち主。れっきとしたファイターである。

冒険者レベル
2
賞罰
特になし

Name
デュアン・サーク

ジグレス366年11月16日生まれ

本籍・国籍……フロル国
　　　　　　　カシバール22-A
連絡先…………同上
職種……………ファイター

交付：ジグレス382年11月16日

ジグレス383年11月16日まで有効

各特性値

体力……… 28	知力……… 62
カルマ……+4	魔力……… 10

経験値 **221** 300でレベルアップ可

ゲイリーはその過酷《かこく》な年月を経《へ》て、ますます鍛《きた》えられ、鋼《はがね》のような肉体と大人《おとな》顔負けの力を手に入れた。

そして、かねてからの夢であったファイターへの道を進むことに決め、デュアンに告《つ》げた。

ゲイリーが十七。デュアンが十四の時だ。

細っこい体つきながら、すっかり健康になっていたデュアンに、彼は言った。

「デュアン、俺《おれ》は、俺たちの国を守るために戦ってこようと思ってる」

彼らの国＝フロル国は隣国《りんごく》ポンゾ国と戦争状態にあった。その戦争は、いつ終わるともなく続いていて、すでに十一年目に突入しようとしていた。

軍隊に入って、フロルを守るんだ！

正義感の強いゲイリーは、ほとんど口癖《くちぐせ》のように言っていたが、まさか本当にその日がこようとは……。

不安そうに彼を見上げるデュアンの頭をクシャクシャにして、ゲイリーは白い歯を見せた。

「……へへ、ほんと言うとな。そろそろ自分の力を外でどれだけ通用するのか試してみたくなったんだ。ファイターとして、のな。けっこういい線まで行くと思うんだけど、どう思う？」

「兄さんなら、絶対すごいファイターになれるよ！　ぼくが保証《ほしょう》する」

「おう。頭のいいおまえが保証してくれんだからな。絶対、間違いなしだ」

　ゲイリーはそう言うと、急に真顔《まがお》になってデュアンの両肩《りょうかた》に手を置いた。

「デュアン、おまえはそんなに丈夫《じょうぶ》じゃない。体格だっていいほうじゃない。でもな。そんなこと、気にすんじゃねーぞ。おまえには、人一倍賢《かしこ》い頭がある。それがおまえの武器だ。自信もっていけ。胸張って歩くんだぞ」

　ゲイリーは時々こういうクサイ台詞《せりふ》を平気で口にする。いつもは、それがどうにも居心地《いごこち》悪く感じるデュアンだったが、この時ばかりは違った。

　デュアンの肩に置かれた、ゲイリーの大きな手のあたたかさ。

　ゲイリーの目が真っ赤になっていたからだ。

　デュアンも目にいっぱい涙を浮かべ、兄を見上げた。

「兄さん……」

　子ギツネがそれぞれの世界に旅立つように、ずっと二人っきりだった彼ら兄弟も別れる日がきたのだ……。


「デュアン、ギーッス、おなか、いたーい？」

　デュアンはその場に立ちつくしたまま、つい兄のことを思い出していると、チェックが、まんまる目でデュアンを心配そうに見上げた。

「いや、そうじゃないんだ……」

倒木《とうぼく》の上に腰《こし》かけ、

「そうじゃないんだけど……」

デュアンは、もしかしてこのまま、のたれ死んでしまうのかと本気で考えはじめていた。客観的《きゃっかんてき》に見て。そうなったとしても、何の不思議《ふしぎ》もない。

まずい。絶対にまずい。

もう一度、兄に会って。元気にファイターしている姿を見せなくっちゃ。

ううん、そうじゃなくたって。

こんな死に方をするなんて、あんまりといえばあんまりじゃないか！

情けなさすぎる。

まだ、ぼくはまともな冒険《ぼうけん》すらしてない！

2

そう。デュアンは、兄の後を追うように、冒険者になろうと故郷《こきょう》を出た。

当時、モンスターの被害《ひがい》があまりに大きいため、主だった町や村が出資《しゅっし》しあって作った『冒険者支援《しえん》グループ』という団体が、やっと定着《ていちゃく》したところだった。

冒険者といえば聞こえはいいが、要するに無職のボランティア青年といったところ。冒険で得た宝《たから》など微々《びび》たるものだし、普通、宿代にも事欠《ことか》くありさま。これでは冒険者のなり手もいないと判断し、町ぐるみ村ぐるみで彼らをバックアップしようじゃないかということになったのだ。

主な特典《とくてん》というと、宿代や食事代、各種アイテム類などの割引。

冒険者カードを提示《ていじ》すれば、冒険者支援グループに協賛《きょうさん》している町の店でなら（もぐりの店をのぞき）割引を受けられるシステムになっている。

当初、誰《だれ》でも申請《しんせい》さえすれば冒険者カードを手に入れることができた。そのため、別に冒険者でもなんでもないやつらまで、割引してもらったりして、各店舗から苦情《くじょう》が殺到《さっとう》した。

では、まずは冒険者としての適正《てきせい》を審査《しんさ》しようじゃないか。また、一年毎《ごと》に成績（どれだけモンスターを倒したか、各ステータスを上げたか……など）をチェックして、少し厳《きび》しくしようじゃないかということになった。

デュアンが受けた冒険者資格《ぼうけんしゃしかく》テストは、体力測定、実技試験、学力テストの三つ。

体はひ弱だったし、実技試験もギリギリセーフというところだったが、知力が抜きんでて高かったため、ファイターとして合格できた。

適正《てきせい》ランクは最低のCだったが……。

「きみ、どうしてもファイターになるつもりかね? クレリックかウィザードなら、適正Bランクなんだがなぁ。ああ、薬剤師《やくざいし》でもいいし、占術師《せんじゅつし》でもいい。悪いことは言わないから、考えなおしなさい」

冒険者支援《しえん》グループの進路相談員は、デュアンにしつこいほど、こうアドバイスした。

しかし、デュアンはどうしてもファイターになりたいと押し通した。

たしかに適正はないかもしれない。でも、一度はやってみたっていいじゃないか。やってもみないで、最初からあきらめるなんてイヤだ。

若者らしい一途《いちず》さで、こう思った。

もちろん、兄のゲイリーの勇姿《ゆうし》が念頭《ねんとう》にあったのはいうまでもない。

しかし、しかし。やはり現実は厳しかった。

そのへんの野っ原にいる小さいスライムやら、ただ石にはりついているようなモーフェー（毛虫の一種。刺《さ》されると痛い）を棍棒《こんぼう》でぶったたいて、せこく経験値稼《かせ》ぎをするしかなく。

当然、そんな調子ではレベルアップなど遠い夢。

レベルが低ければ、パーティを組もうなどと言ってくれる物好《ものず》きもいない。

実入《みい》りも少なく、武器や防具《ぼうぐ》も買えない。

ないことずくめで、ついになけなしの貯金も底をついてしまった。

この先どうやって暮《く》らしていけばいいんだろうと途方《とほう》に暮れている時に目にしたのが、

『兵士募集』の看板《かんばん》だった。

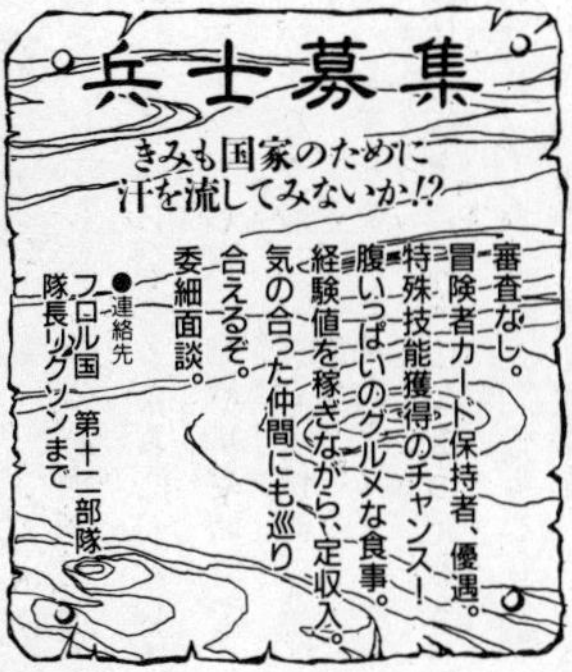

世間知らずのデュアンには、この看板《かんばん》が頭上で見る真夏の太陽のように輝いて見えた。

もしかしたら、兄さんに会えるかもしれない！

もちろん、ファイターの資格を取った時点で、入隊を志願《しがん》し、軍のやっている体力測定を受けたのだが。いきなり最初の腕立《うでた》て伏《ふ》せで落とされてしまったのだ。だから、『審査《しんさ》なし』という一言にグッと手を握《にぎ》りしめた。

そのうえ経験値を稼《かせ》ぎながら、しかも定収入!?

腹いっぱいのグルメな食事！

こんなに願ったり叶《かな》ったりの条件はない。

はやる胸をおさえながら、その第十二部隊に走った。幸い、応募《おうぼ》者《しゃ》も少なくて、デュアンは気のよさそうなリクソン隊長に、

「よし！　採用《さいよう》だ。きょうから来てくれ」

と肩《かた》をポンと叩《たた》かれ、その場で採用になった。

夢か？　と、何度も頬《ほお》をつねり、首をひねり。そこまでは幸せいっぱいのデュアンだったのだが……。

たしかに、ほんの雀《すずめ》の涙ほどではあったが、定収入はある。

経験値も……運がよければ稼げるかもしれない（稼ぐなとは誰《だれ》も言ってない）。

しかし、腹いっぱいの食事……といっても、正確にいえば腹いっぱいの残りものだったし。

特殊技能……というと、料理の腕のことだろうか？

つまり、デュアンが配属《はいぞく》された部署《ぶしょ》というのがコックの下働きで、主な仕事は皿洗《さらあら》い、イモ洗い、タマネギの皮むき、コックの肩叩き……といった、およそ冒険《ぼうけん》とは関係のない作業ばかりだったのだ。

まぁ、コックのモンティはリクソン隊長と同じくらいに気のいいオジサンで、細っこいデュアンを自分の息子《むすこ》にそっくりだと言ってかわいがってくれた（むきたてのゆで玉子のような顔のモンティとデュアンは、似ても似つかなかったが）。

暇《ひま》な時にはタマネギの微塵《みじん》切りだの、魚やミミウサギ（耳がウチワのように大きなウサギの一種。食用にされる）のさばき方も教えてくれたりした。カマドの作り方や火のおこし方も。

しかし、それがどうしたというのだ。

毎日、毎日毎日毎日……。デュアンはソードではなく包丁《ほうちょう》を持ち、来る日も来る日もイモの皮をむいた。

兄のゲイリーにも会えなかった。たぶん、全《まった》く違う部隊なんだろう。

このままではレベルも上がらなければ、冒険《ぼうけん》らしい冒険もできない。もしかしたら、冒険者カードも取り上げられてしまうかも……。

いい加減《かげん》、焦《あせ》り始め、今日やめようか明日《あした》やめようかと思っていた矢先のことだった。

その日も同じように皿洗《さらあら》いをするため、朝も早くから川に水をくみに行った。両手に桶《おけ》をぶらさげ、帰ってみると。

なんと、第十二部隊がそっくりそのままいなくなっていたではないか。

その場の状況《じょうきょう》からは、突然《とつぜん》の敵の襲撃《しゅうげき》に全員が逃げ出したとしか考えられなかった。

焦ったデュアンは味方《みかた》の後を追った。必死に捜《さが》し回った。

しかし、不思議《ふしぎ》なことに味方の姿も敵の姿もなく。はっと気づくと深い深い森のなかで立ち往生《おうじょう》していた。

黒い大きな木が迫《せま》ってくるように立ち、枝と枝がからまったようすは、なんとも無気味《ぶきみ》……。

よくよく考えてみれば、何もそこまでして後を追う必要はなかったのだ。どうせ除隊《じょたい》したいと思っていたのだから。

しかし、デュアンがそう思いついたのは、すっかり森に迷《まよ》ってしまった後のこと。

そんなに方向オンチではないはずのデュアンなのに、どこをどう歩いても抜け出せないのだ。

そして、三日と半日……。

ほとんど飲まず食わずで、まだ迷っていた。

魚やミミウサギのさばき方は知っていても、捕まえられなければ話にならない。何度も挑《ちょう》戦《せん》してはみたが、すんでのところで逃げられた。ミミウサギにまでバカにされているような気がして、デュアンは大いにくさった。

「おまえはいいよな……」

チェックの鼻面《はなづら》を軽く叩《たた》いて、ため息をつく。

グリーニアの主食は虫や木の実だから、食べ物には不自由していなかった。

毛虫をつかまえてきては、

「デュアン、くうか？」

と、聞いてくれるが、丁重《ていちょう》に断った。

チェックは、どうしてこんなにおいしいものを断るんだろうとでもいいたげな顔で、親指ほどもある毛虫をうまそうに丸呑《まるの》みした。

ああ……イモだけでもいい。腹いっぱい食べたい……。

見るのさえ、うんざりしていたイモが今やなつかしい。ホカホカ湯気《ゆげ》のあがるイモの煮物《にもの》を思った時、ふいに風向きが変わった。

鼻の頭を何ともいえないいい匂《にお》いが横切る。

幻覚《げんかく》ならぬ、幻臭《げんしゅう》か!?

3

いや、幻覚でも幻臭でもなかった。

手を伸《の》ばせば届《とど》くところで、いい匂いをさせているのは、まさしくミミウサギの串焼《くしや》きだった!!

「★☆!♯＊!!」

声にならない声をあげ、デュアンが串焼きに手を伸ばした時。

「うわっ!!」

ヒュン! と、石つぶてが飛んできて、デュアンの手の甲《こう》に命中した。

「ううう……」

しびれて動かない手をおさえ、その場にうずくまったデュアンを大きな影《かげ》が見下ろしていた。

影を見上げる。

デュアンが地面にうずくまっていなくとも、その影は見上げるほどの大きさだった。

身長一九〇センチはゆうに超《こ》える長身の男。

肩幅《かたはば》もガッチリと大きく、兄のゲイリーよりもでかい。

ざんばらの長い黒髪《くろかみ》を後ろで無造作《むぞうさ》にまとめ、汚い緋色《ひいろ》の紐《ひも》で結《ゆ》わえている。鋭《するど》い目と骨ばった顎《あご》……。削《そ》ぎ落《お》としたような頬《ほお》が不敵《ふてき》に笑っていた。

「ずいぶんかわいいコソ泥《どろ》だな」

「す、すみません。……実はぼく、泥棒《どろぼう》なんかじゃなくて……」

必死に立ち上がり、言《い》い訳《わけ》をしようとしたデュアンだったが、いきなりグラリと世界が回った。

そして、そのまま気持ちよく昏倒《こんとう》してしまった。

男の名前は、オルバ・オクトーバ。

八月、二四歳になったばかり。

冒険者《ぼうけんしゃ》になって十三年目……、つまり十二の頃《ころ》からこの稼業《かぎょう》についていた。ただ、その頃は冒険者支援《しえん》グループも今のように大きな団体ではなかったから、そうとう過酷《かこく》な冒険者生活だった。

職種はデュアンと同じく、ファイター。とはいっても、こっちは正真正銘《しょうしんしょうめい》のファイターで、冒険者レベルも十三。

きょうもリズー（森に住む中程度のモンスター）を四匹まとめて倒し、経験値をプラスしたばかり。後、百ちょっとでレベルアップする。二四歳で、このレベル。かなりのスピードだといっていい。

身長は一九三センチ、体重八二キロ。

目も髪も黒。後ろで束《たば》ねた髪をとくと、背中までとどく。髪に霊力《れいりょく》が宿《やど》るというジンクスを信じているからだ。

武器は、切れ味のいいダガーと、かなり重いロングソード。

防具《ぼうぐ》は緋色の上着の上に、黒のチェインメイル。肩と腰《こし》だけは鉄でできた部分鎧《よろい》をつけている。下は黒のレザーパンツに、鉄で膝《ひざ》を防御したブーツ。

金がなくなると、フリーの傭兵《ようへい》として職につくこともあったが、たいていはひとりでクエストに挑戦《ちょうせん》している。

成功しようが、しまいが関係ない。それが人のためになるとかならないとかも全《まった》く興味はない。

彼にとってのクエストとは、いわば趣味《しゅみ》のようなもの。

たった今も、新たなクエストに挑戦《ちょうせん》している途中《とちゅう》であった。

オルバは木の根っこで伸《の》びてしまったデュアンを見下ろし、苦笑した。

このようすじゃ、よっぽど腹が減っていたんだろう。

この森に迷《まよ》いこんだんだから、それも不思議《ふしぎ》はない。

「ギーッス……デュアン！」

青い顔をして目を閉《と》じているデュアンの顔を小さなグリーニアがつっつき、さかんに『デュアン』と繰《く》り返した。

「この子、デュアンっていうのか？」

オルバが聞くと、チェックは黒い目をまんまるにしてコックリうなずいた。

「腹が減って伸びただけだろ。じきに目もさめるさ」

食事の終わったオルバはそう言うと、大きく伸びをして膝《ひざ》を払《はら》った。

重そうなリュックを肩《かた》にかつぎあげる。

「ギーッス、どこいくか？」

透《す》き通るような緑の羽をピヤッと広げ、チェックがオルバの顔の前まで飛んでいった。

「おまえさんの知ったこっちゃないさ」

Duan Surk Character File

冒険者レベル
13
賞罰
特になし

Name
オルバ・オクトーバ
ジグレス359年8月8日生まれ

本籍・国籍……ヴァール国
ニルギ町677-1-2
連絡先…………同上
職種……………ファイター

交付：ジグレス383年8月8日
ジグレス384年8月8日まで有効

各特性値

体力………109	知力……… 48
カルマ…… 0	魔力……… 0

経験値 4370 4500でレベルアップ可

オルバ・オクトーバ

冒険者歴13年。24歳になったばかりでレベル13の凄腕ファイター。髪と目の色は黒。身長193cm、体重82kgと見るからに頑強そうな体軀をしている。

武器はロングソードとダガー。防具は黒のチェインメイルの上に、鉄でできた肩と腰だけの部分鎧を装備。

パーティを組むのを好まず、たいていは、ひとりでクエストに挑戦している。

オルバはとりあわず歩きはじめる。

チェックは小さな手を組み、困ったなぁといった顔でフンフン言いながらデュアンのほうに戻《もど》っていった。

そのようすを見たオルバ、

「わぁーった、わぁーった。ほら、食料は置いといてやるからさ」

ミミウサギの串焼《くしや》きと乾《かん》パンの残りをデュアンの顔あたりに放《ほう》り投げた。

そして、「おら、さっさとしねぇと日が暮《く》れちまうんだよ」と、独《ひと》り言《ごと》を言いながらザクッザクッと靴音《くつおと》をたて、森の奥へと消えていってしまった。

チェックはキョトンとした顔でその背中を見送っていたが、キラリと目を輝かせデュアンのほうを振り返った。

チョコチョコと近づき、デュアンの顔をしばらく眺めていたが、次はオルバの投げていった串焼きと乾パンに顔を近づけ、早速点検《さっそくてんけん》しはじめた。

4

「う、うーん……」

木の葉が顔の上に落ちてきた。

目をあけてみる。

「う、うわっぷ！」

いきなり葉っぱのカケラが目に入った。あわてて目のあたりをこすり起き上がる。

ユラユラと揺《ゆ》れている頭上の枝から、緑色の特徴のあるシッポがダラリとたれているのが見えた。どうやら、枝の上でチェックが寝ているようだ。

ぼやけた頭を振り、何度も目をこする。

ぼくはいったい何をしてたんだっけか……!?

黒々とした木の枝が風にしなる。ほんのわずかの隙間《すきま》から見える空は、すっかり夕暮《ゆうぐ》れの色に染まっていた。

その緋色《ひいろ》を見て、デュアンは思い出した。

「あ、ああああ――!!」

あわてて起き上がる。起き上がった拍子《ひょうし》に、肩《かた》のあたりに引っかかっていたミミウサギの串焼きと乾パンが転《ころ》がり落ちた。

……と、同時に、ドスッ!!

デュアンの声に驚《おどろ》いたんだろう。チェックが枝から落ちてきた。

「にー、むー、むむ……」

意味不明のことを言いながらヨタヨタと起き上がるチェックにかまわず、

「これ……!?」

串焼《くしや》きを急いで拾い上げると、

「……大きい男、置いてった。ギーッス!」

まだ眠そうな顔をしたチェックが教えてくれた。

大きい男……。

そうだ。緋色《ひいろ》の服を着て、やっぱり緋色の紐《ひも》で髪《かみ》をしばった……でっかい男。腰《こし》に重そうなロングソードを下げていたし、部分鎧《よろい》をつけていたから、冒険者《ぼうけんしゃ》に違いない。それも、ファイターだ。

「で、その男、どこに行ったんだ!?」

キョロキョロとあたりを見回しながら聞く。見える範囲には気配《けはい》すらない。

「あっちいった」

オカッパ頭のチェックがデュアンを見つめながら言う。

「あっちって、どっちだ?」

「あっちって、こっち」

「…………わ、わかった。とにかく捜《さが》そう!」

急に元気になったデュアンは男が置いてってくれた串焼きを早速頰《ほお》ばり（乾《かん》パンはズボンのポケットに押しこみ）、森の奥へと走った。

串焼きはすっかり冷《さ》めきっていたけれど、かみしめると肉の旨味《うまみ》が口に広がり、なんとも説明できないうまさだ。

デュアンの心は瞬く間《またたくま》に満ち足りていった（もっと注意深く観察すれば、串焼きの全部に小さな歯型《はがた》がついていたのがわかっただろう。もちろん、チェックが食べてみようと試みた結果である）。

デュアンは走りながら思った。

きっと、あの男、悪い奴《やつ》じゃない。だったら、こんなものくれるはずがないもんな。うん。

……でも、何のためにこんなところにいたんだろう……。

ううん、いいや、そんなこと。とにかく森からの脱出《だっしゅつ》方法を教えてもらわなきゃな。

＊

その頃《ころ》、オルバ・オクトーバのほうはというと。森のあちこちにある沼の前で、足にからみついてくるイバラや腕《うで》を引っぱる枝と格闘《かくとう》していた。

「えーい。ざってぇなあ、もう！」

森には獣道《けものみち》のような心細い道しかないのだが、オルバがこれから進もうとしているのは、その獣道さえない場所だった。

シナリオについていたマップによれば、たしかにこの方角でいいはず。

マップはあいにく途中《とちゅう》までしかなく、そこから先は自分で見つけるしかないが、それでもないよりはまし。何度も迷《まよ》いそうになったが、確実に近づいていってるという予感《よかん》はあった。

オルバは方位磁石《ほういじしゃく》でチェックしつつ、赤鉛筆でマップにグリグリと印《しるし》をつけながら進んだ。

う——、それにしても、このイバラ!!

どうせこの辺《へん》一帯、全部魔法《まほう》がかけられてるに決まってる。きっとこのイバラだってそうだ。

それが証拠《しょうこ》にオルバがいくら切りつけても、しばらくするとまた再生《さいせい》して頭をもたげてくる。

これではきりがない。

「イテ、イテテテ!」

トゲが手に思いっきり刺《さ》さった。思わず大声をあげたとき、

「だいじょうぶ!?」

　後ろから声がした。

　振り返ると、さっきの坊主《ぼうず》だった。細っこい体で息を切らし、こっちを見ている。

　用事はないからあっちへ行けと、邪険《じゃけん》に手を振ったオルバだったが、デュアンの頭の上を見て絶句《ぜっく》した。

　デュアンは大木にもたれかかっていたのだが、その大木にからみついていたイバラがシュルシュルと音をたて、デュアンめがけて襲《おそ》いかかろうとしていたのだ。

「おい、早く離れろ！　そこを離れるんだ」

　オルバが叫ぶ。

　まだ事情が呑《の》みこめていないデュアンは首を傾《かし》げるだけ。

「ぎ――っ！　カッカカカ!!」

　チェックの甲高《かんだか》い悲鳴《ひめい》。不思議《ふしぎ》なイバラを点検《てんけん》しようと鼻《はな》を近づけたところ、いきなり胴《どう》体《たい》に巻きつかれてしまったのだ。

「チェック！」

　デュアンも悲鳴をあげ、必死にチェックを助けようとした。しかし、

「う、うわあああ――!!」

　助けるどころか。今度はデュアンのほうがイバラに巻きつかれた。

「く、苦しい……う、うげ、うぐ」

喉《のど》をギリギリと締《し》めつけてくる。

「ったく。しかたねーなぁ……」

オルバは肩《かた》で息をし、不承不承《ふしようぶしよう》という感じでデュアンのほうに近づいていった。

ダガーで、ガツッガツッとイバラを叩《たた》き切っていく。

やっと息がつけ、ほっとその場に座りこむデュアン。ギャーギャー騒《さわ》いでいたチェックも自由になった途端《とたん》、バタバタと羽を広げて飛びあがった。

「ほら、立て立て。こんなところにいると、またやられるぞ」

へたりこんでいたデュアンの片腕《かたうで》をオルバが取った。

「す、すみません……」

まだ足がガクガクしていたが、やっとのことで立ち上がる。

「あの……」

デュアンがオルバの不機嫌《ふきげん》そうな横顔に声をかけようとした時、

「ギ――――ッギエ――――ッ!!」

ひときわ甲高《かんだか》いチェックの悲鳴《ひめい》。

デュアンとオルバ、ふたりが見たものは……イバラの向こうで光る……得体《えたい》の知れぬ恐《おそ》ろしい目がひとつ。

「危険、危険!!」

チェックはわめき続けている。

「ま、まさか……こんなところにいるか？　ふつう」

オルバが喉の奥をゴクリと鳴らした。

うるさそうにイバラを払《はら》いのけ、巨体《きよたい》を現した……それは、ひとつ目の巨人、サイクロプスだった。

5

「サ、サ、サ……サイサイ、サイコロプス……？」

伝説にしか登場しないと思っていた、ひとつ目の巨人サイクロプスを間近《まぢか》に見て、デュアンは歯をガチガチいわせながらつぶやいた。

「信じらんねぇ。まさかほんとにいるとはな」

オルバもその場に立ちつくしたまま、巨人を見上げた。

とはいっても、伝説のサイクロプスよりはかなり小柄《こがら》だ。モンスターポケットミニ図鑑《ずかん》などに登場する奴《やつ》は小山ほどの大きさがあるけれど、目の前の〝彼〟は、せいぜい体長二メートル五〇センチ程度。

筋肉のもりあがった毛深い体には、何かの獣《けもの》の皮で作った非常に簡単《かんたん》な服をまとっていて。まん丸の血走った目の（気味《きみ》の悪いことにマツゲがびっしり生えている！）、そのすぐ上には小さな角《つの》が突き出ていた。

頭はデコボコしていて、他の体毛より少しだけ濃《こ》い毛がまばらに生えている。長耳族《ながみみぞく》の一種らしくグネグネと曲がった長い耳、低い鼻《はな》と、恐《おそ》ろしい乱《らん》ぐい歯《ば》の剝《む》き出した口。その口からダラダラと出たよだれが顎《あご》をつたい、喉《のど》や胸元《むなもと》を汚《よご》している。

不潔《ふけつ》な爪《つめ》で握《にぎ》りしめた棍棒《こんぼう》には、ドス黒い血がこびりついていた。

赤く澱《よど》んだ目が油断《ゆだん》なくあたりを見回す。

どうやら、あまり目も耳もよくないようだ。すぐ近くにいるというのに、まだデュアンたちに気づかないのだから。

しかし、気配《けはい》は感じるらしく、しきりに鼻をヒクヒクいわせている。

このようすでは、とうてい話して通じるような相手ではなさそうだった。

「たしか、奴《やつ》の弱点は目だったな……」

オルバがつぶやくように言うと、握りしめていたダガーをデュアンに渡《わた》し、自分は腰《こし》に下げていたロングソードの柄《つか》に手をかけた。

ま、まさか……こんなすごい奴を相手に戦おうというの!?

デュアンは目を見開いてオルバを見た。……と、その時、

「ギーッス!!　変なヤツ！　危険！　ギィ！」

まずいことに、チェックが甲高《かんだか》い声をあげてしまった。

「ば、ばか！　こっちにくるんだ」

あわててチェックを呼ぶ。しかし、チェックは木の枝につかまったまま、平和そうな目で小首を傾《かし》げてデュアンを見下ろしただけ。

案《あん》の定《じょう》、サイクロプスはデュアンたちを見つけてしまい、ドスドスと大股《おおまた》で近づいてきた。

「ひ、ひゃ――――!!」

デュアンはもう必死。チェックは高い木の枝の上にいるからいいものの、デュアンのほうは逃げ場がない。逃げようにも沼やイバラがジャマして、思うように動けないのだ。

「あ――!!」

見れば、いつ登ったのかという早業《はやわざ》でオルバは木の上に。つまり、その場にはデュアンひとり……。

「げ、みんなひどいよぉ……ぼくばっか……」

自分も登ろうと焦《あせ》ったが、それよりもサイクロプスのほうが早かった。

奴《やつ》は見かけよりもずっと敏捷《びんしょう》な動きをした。

「うわ、く、来るな！　来るな!!」

オルバに渡《わた》されたダガーを滅多《めった》やたらに振り回したが、軽くかわされた。

サイクロプスはデュアンの右手首を軽く一撃《いちげき》。ダガーが足元に転《ころ》がる。ジィーンと痺《しび》れる感触《かんしょく》がしたが、そんなことにかまっている暇《ひま》はない。

熱線が出るのではないかというような血走《ちばし》った目をギョロギョロさせ。デュアンを追い詰めたサイクロプスは、重そうな棍棒《こんぼう》を両手で振りかぶった。

……万事休《ばんじきゅう》す！

デュアンは思わず両目をギュッと閉《と》じて、頭を抱《かか》えこんだ。

ゲイリー兄さん!!

が、しかし……。

「うぎゃあああ!!」

この世のものとは思えない、すさまじい悲鳴《ひめい》が……いや、野獣《やじゅう》の咆哮《ほうこう》が耳をつんざいた。

6

恐《おそ》る恐《おそ》る目を開ける。

目の前にはオルバの広い背中があった。木の枝から飛び降り、サイクロプスの弱点である目を一刀両断《いっとうりょうだん》、切りつけたのだ。

サイクロプスは、ひとつしかない目からダラダラと鮮血《せんけつ》を流し、苦しそうに頭を抱え、のたうちまわっていた。

仰向《あおむ》いた無防備な喉《のど》に、すかさずオルバのロングソードが突きを入れる。

ドッとばかりにサイクロプスが倒れた。

意外《いがい》にあっけない幕切《まくぎ》れ……かと思いきや。

バシャッと派手《はで》な水音をたて沼の中に倒れこんだサイクロプスの巨体《きょたい》が、あれよあれよという間に、ちっぽけな木の人形に変わり果ててしまったではないか。

「なんだ。これは!?」

ロングソードの先で、チョイチョイとその木偶《でく》の坊《ぼう》を触《さわ》ってみる。

しかし、さっきまであんなにリアルなサイクロプスだったというのに、沼の水にプカプカと浮いているだけ。

「さてはあいつらのかけた魔法《まほう》だな……おお、ってーことは!?」

オルバはあわてて首から下げていた紐《ひも》をたぐりよせた。

厚い胸元《むなもと》から出てきた冒険者《ぼうけんしゃ》カードを見て、おおげさにため息をついた。

「ちぇ、なんでぇ！　たったの五十しかあがんねーのか」

サイクロプスを倒したとばかり思っていたのに、実は単なる木の人形だったわけで。当然、得た経験値も少ない。本物のサイクロプスなら、一体で一気《いっき》にレベルアップも夢ではなかったのに。

しかし、デュアンにとっては一体で五十というのも夢のように高い経験値だ。彼が目下《もっか》のところ相手にできるようなモンスターは一体で、せいぜい五か、高くて十くらいだから。

デュアンは感心しきった目でオルバを見上げた。

「な、なんだよ。……ほら、用がないなら、とっととおうちに帰んな！」

居心地《いごこち》の悪そうな感じでオルバが言ったが、デュアンはもう森を出ようなんて思ってはいなかった。

さっきこの男、『さてはあいつらのかけた魔法《まほう》だな』と言っていた。何かある。クエストの匂《にお》いがプンプンする。

よーし、なんとか彼にくっついてって……。

「ぼく、デュアン・サーク。一応《いちおう》ファイターの卵なんだ。よろしく！　あ、そうそう。さっきは串焼《くしや》きをありがとう！」

ニカッと笑って、手を差し出した。

オルバはいよいよもってデュアンをうさん臭《くさ》そうに見た。そして、眉間《みけん》にシワを寄せて、

「俺《おれ》はオルバ・オクトーバだ。じゃあな！」

一瞬《いっしゅん》だけ、デュアンの手をギュッと握《にぎ》り、後はもうデュアンがその場にいないかのように振《ふ》る舞《ま》った。

ロングソードをもどし、地面に落ちていたダガーも拾い、木の下に置いてあったリュックを担《かつ》ぐ。

デュアンはそのようすを見ながら、じっと立っていた。

「ギーッス、ギギギ……」

チェックも高い木の枝から、少し下の枝に移り、オルバとデュアンを見比べていた。

オルバはデュアンたちを無視《むし》したまま、黙々《もくもく》とさっきの作業（＝イバラの茂《しげ》みを切り開き、道なき道を行く）を再開した。

デュアンもオルバの隣《となり》に進み出て、勝手《かって》に彼の手伝いを始めた。自分の持っているオンボロのショートソードでイバラを切り始めたのだ。

しばらくの間、彼らは無言でイバラと格闘《かくとう》していたが……。

我慢《がまん》も限界《げんかい》とばかり、オルバが大きくため息をついて、デュアンを見下ろした。

「おい。なんのつもりだ」

「なんのつもりって……手伝ってるだけだよ」

「誰《だれ》が頼《たの》んだ」

「あはは、いいんだよ。遠慮《えんりょ》しなくたって。ぼくが勝手にやってんだから」

「邪魔《じゃま》なんだよ。いいから、どっかに行ってくれ。森から抜けたいんだったらな。ほら、今地図を描いてやる……」

オルバはポケットの中からマップを取り出し、その端《はじ》っこをビリビリ破ろうとした。

デュアンはあわててその手を止め、

「オクトーバさん。ぼく、何でもします。だから、一緒《いっしょ》に連《つ》れてってくれませんか？」

と、すがりつくような目で見る。オルバはそうくると思ったという顔で空を仰《あお》ぎ目をつむった。

「ね、あんた、今、何かクエストに行く途《と》中《ちゅう》なんでしょう？　敵はひとりじゃなくって、複数だ。しかも魔《ま》法《ほう》使《つか》い……」

オルバはカッと目を開けた。

「何で知ってる？」

「だって、さっきあんた言ってたじゃない。『さてはあいつらのかけた魔法だな』って」

オルバはデュアンの顔を改めて見た。

こいつ、体はできちゃいねーが、意外《いがい》と頭が回るんだな。

「頼《たの》むよ、ね、頼みます。この通り！」

デュアンはオルバの片腕《かたうで》にすがりついて、頭をこすりつけた。

「ぼ、ぼく……冒険者《ぼうけんしゃ》になって、まだ一度も冒険らしい冒険、経験したことないんだ。あんたみたいに、すごいファイターも見たことなかったし。絶対、迷惑《めいわく》かけないようにする。荷物持ちでも何でもするよ！　いや、何でもします！」

しかし、オルバは何にも答えない。デュアンは内心やっぱりダメか？　いや、ダメでも何でもくっついてくぞと心に決め、

「オクトーバさん！」

と、顔をあげたが。

当のオルバ、デュアンのことはそっちのけで、怪訝《けげん》そうに顔をしかめ、あたりをうかがっていた。

「どうしたの？　ま、またモンスターとか!?」

デュアンが聞くと、オルバはクンクン鼻《はな》をひくつかせた。

「いや、どっかで木がくすぶってる。それも、けっこう近くだ」

「山火事!?」

オルバは無言でうなずいたが、木の枝を見上げて言った。

「おい、そこの緑の奴《やつ》、おまえ、そこから見えないか？」

「そうだ。チェック！　ちょっと高いところから見てみてくれよ。煙があがってるところ、ないか？」

あわててデュアンもチェックに呼びかける。

急に声をかけられたチェックはびっくりした顔でデュアンを見たが、すぐにバタバタと羽を広げて、空高く舞《ま》い上がった。

しばらくして、オルバの頭の上に降り立ったチェック。

「むこう、白い煙、ギーッス！」

小さな腕を精一杯《せいいっぱいの》伸ばして、指差した。

指差した先は、さっきまでオルバが格闘《かくとう》していたイバラの向こう側。

「どうしても、こっちから行けってこったな」

オルバはチェックを頭の上に乗せたまま、再《ふたた》びイバラに向かっていった。

山火事を発見した場合は、どのような時でも必ず消火するよう、できるだけの努力をしなければならない。これは冒険者の義務だ。

もちろん、個人の手におえないような大規模なものは別だけれど。今の場合、目的地とダブっているのだから、問答無用《もんどうむよう》だ。

デュアンも彼の横に並んでイバラを切り始めた。

また、どっかに行けといわれるかもしれないと思ったが、オルバはもう何も言わなかった。

そのかわりに、自分のリュックをデュアンの背中に担《かつ》がせた。

ずっしりと、肩《かた》に食いこむ重み……。

デュアンは驚《おどろ》いてオルバを見た。

「荷物持ちでもなんでもやるって言ったろ？」

「は、はい！　やります、やります。オクトーバさん！」

「じゃあ、まずはこれだけ守ってくれ」

「な、なんですか？」

「俺《おれ》のことを『オクトーバさん』なんつう気持ちわりー呼び方するな。オルバでいい。それから、そのバカていねいな話し方もごめんだ。わかったな」

「わ、わかったよ、……オルバ」

しかし、オルバはもうデュアンのほうを見てはいなかった。乱暴《らんぼう》にイバラを切りつけ、荷物のなくなった身軽《みがる》な体でグイグイと進んでいく。

その大きな背中を見て、デュアンは胸の奥から弾《はず》んだ気分がわきでてきて。つい顔がニマニマと笑ってしまうのを必死で堪《こら》えなければならなかった。

STAGE 2

1

「なんだ。思ったよりたいしたことねぇーな」

オルバはほっとした顔で、まだほんのかすかにくすぶっている枯《か》れ枝《えだ》を踏《ふ》みつけた。

燃えカスが黒く残っている範囲《はんい》を見ると、決して『たいしたことない』状態ではなかったが、湿地《しっち》だったのが幸いしたようで。デュアンたちがかけつけた時にはおおかた鎮火《ちんか》していた。

夕焼けの終わった空に、黒い雲がゆっくりと広がっていく。

その空を覆《おお》い隠《かく》すように不気味《ぶきみ》な枝を広げた大木に、ゆったりともたれかかったオルバは、

「もうちっと行ってから、キャンプにすっか」

と、デュアンに声をかけた。

このあたりはグスグスの地面だから、もう少しまともに寝《ね》られる場所を探したほうがいい。

しかし、デュアンは返事をせず、そのかわりにうれしそうな顔を向けた。

「ねぇ、あそこにサイダケが生えてるよ！」

サイダケというのは、こんな湿気《しっけ》の多い場所に群生《ぐんせい》する食用のキノコだ。白地に蛍光《けいこう》紫《むらさき》の細かな斑点《はんてん》……という、およそ食べられそうにない色をしているが、煮《に》てよし焼いてよし。味も香《かお》りも抜群《ばつぐん》だし、シャクシャクとした歯ごたえもよい。軍の料理長だったモンティに教えてもらったキノコのひとつだ。

オルバが苦笑しながら胸元から細長い葉巻《はまき》を出し、口の端《はし》にくわえたのを見て、デュアンはひとり森の奥へと進んでいった。

こんもりした低木《ていぼく》の向こう側、大きめの岩が黒く見えている。その岩肌《いわはだ》に白くてほんのり紫がかった丸い形のキノコがポコポコと引っ付いていた。

蒸《む》し焼《や》きにしてもいいな。いや、オーソドックスに串焼《くしや》きでもいい。ほんの少し塩をふって、できればレモンをギュッとしぼったやつをふりかけて……。ううう、唾《つば》がわいてでてくる。

デュアンはゴクンと唾を飲みこみ、唇《くちびる》をひとなめ。グスグスの地面に足を取られないよう、注意しつつ歩を進めた。

そして、キノコを目の前にし、近くの低木に手をかけた時だった。

デュアンはただならない気配《けはい》を感じた。

デュアンのお料理メモ

サイダケのパッパラ煮

グロテスクな色の割に、実にさっぱりとした味と爽やかな歯ごたえが魅力のサイダケ。炒めて食べるのが一般的だけど、パッパラと一緒にくたくたになるまで煮こんでもうまい。パッパラが手に入りにくい時は、コーボーなどを代わりに使ってもOK。軽く塩味にして、熱いうちにどうぞ。

いや、気配《けはい》だけじゃない。たしかに、ハアハアという獣《けもの》じみた息づかいも聞こえてきた。

な、なにかいる!!

一瞬《いっしゅん》にして、緊張感《きんちょうかん》が体をがんじがらめにする。

ねばりつく喉《のど》の奥から、なんとか声をしぼりだした。

「オ、オルバ……」

オルバがデュアンの声に振り返った、と同時に。低木《ていぼく》の向こうから、白い獣が現れ、デュアンに飛びかかってきた。

「う、うわあああー!」

よける隙《すき》も暇《ひま》もない。

すさまじい力で両肩《りょうかた》を押さえつけられ、デュアンは仰向《あおむ》けに組《く》み伏《ふ》せられてしまった。

ガルルルルルル……という、太いうなり声。

生暖《なまあたた》かい息が顔の間近にかかる。

おそるおそる目を開けると、近すぎて焦点《しょうてん》があわないほどの距離に鋭《するど》い牙《きば》が見えた。

な、なんなんだ。いったい、これは。

キラキラと唾液《だえき》で光る牙と、その間に見えかくれするピンク色の舌《した》。

「危険、危険! ぎぃーっす」

チェックの声がどこかでする。

「よーし、ぼうず、動くんじゃねーぞ」

んなこと、今頃《いまごろ》言うなよなあー！

頭の上のほうから、オルバの頼《たの》もしい声がかかった。

ウン、ウン！　なんでもいいから、はやいとこ助けてくれー！

心の中で必死に頷《うなず》く。

新たな敵を得た白い獣は、ますます大きなうなり声をあげた。

オルバを威嚇《いかく》しているらしいが、よくわからない。肩に食いこんだ爪《つめ》に、ガッと力が入ったように感じた。

「ぎゃっ!!」

獣はデュアンの体を踏《ふ》み台《だい》にし、

オルバに向かっていった。

デュアンはこの時とばかり、すかさず横に転《ころ》がった。

う——！　な、なんて、でかいんだ。

四肢《しし》でふんばった、その足下から頭の先までデュアンの肩《かた》ほどもある。あれで後足なんかで立ち上がったら……。

そのうえ、この世のものとも思えないほど美しい。

夕闇《ゆうやみ》のなかでも艶《つや》やかに輝く白い毛並み。小さな黒い斑点《はんてん》が全身に浮かんでいる。額《ひたい》にくっきりと浮かんだ稲妻型《いなずまがた》の黒いもよう。

「雪豹《ゆきひょう》……!?」

冷たいぬかるみに腹這《はらば》いになったまま、デュアンはつぶやいた。

さっきのサイクロプスといい、この雪豹といい。まさかこの目で見ることができるとは万一にも思ったことがない伝説のモンスターばかりだ。

伝説によれば、幻惑《げんわく》の術《じゅつ》を使うことができるという、青い瞳《ひとみ》。それは燐《りん》が燃えているように、チラチラと色合《いろあ》いを変えていた。

デュアンはふと思った。

もしかしたら、この雪豹も木偶《でく》の坊《ぼう》ではないのかしら。

「お――っと」

雪豹の攻撃を寸《すん》でのところでかわしたオルバ。

敏捷《びんしょう》な身のこなしで雪豹の太い前足をつかみ、どおーっとばかりに地面に転がした。

なんという怪力《かいりき》だ。

しかし、雪豹のほうも敏捷さなら負けてはいない。

地面に転がされたと思いきや、すぐに体勢を立て直し、牙《きば》を剝《む》き、オルバに再度《さいど》飛びかかっていった。

「がるるるる……うう――！」

唸《うな》り声をあげ、その鋭《するど》い牙と爪《つめ》でオルバの喉《のど》を嚙《か》みきろうとする雪豹。

雪豹とオルバは抱き合ったような形で、ぬかるみの上を転がった。

転がりつつ、雪豹の喉首を片腕《かたうで》で押さえつけ、オルバはもう片方の手でダガーを抜いた。

デュアンは一時も目を離せない。口をポカンと開いたままで、一人と一匹の戦いを見つめていたのだが。

オルバがダガーを抜いた時、デュアンのすぐ後ろから少女の叫び声がした。

「やめて！　わたしのクノックに何をするの!?」

2

あまりにも出し抜けだったので、デュアンは跳《は》ね起き、思わずその場に正座した。

心臓が喉《のど》から飛び出るかと思った。

驚《おどろ》いたのはオルバも同じ。

彼の胸元《むなもと》を、ものすごい力でぐいぐいと押さえつけていた雪豹《ゆきひょう》の前足からいきなり力が抜けたからだ。

「な、な、なんなんだ！」

目を白黒させているオルバを後目《しりめ》に。少女にクノックと呼ばれた雪豹は、軽やかな身のこなしでオルバから離れた。

少女の横に寄《よ》り添《そ》う彼は、まるで彼女を守る騎士《きし》のような、そんな顔つきだ。

腰《こし》まで届くほどに長い、火のように明るい色の巻き毛。

そのたっぷりした量感とは反対に、ほっそりした体つきの彼女は、地味《じみ》な色のマントを羽《は》織《お》っていた。

歳《とし》は……デュアンと同じくらいか、少し年下だろうか……。

デュアンたちを見つめる、瞳《ひとみ》の色は深い紫《むらさき》の水晶《すいしょう》に似ている。

抜けるように白い顔には、さっきの山火事のせいだろう……黒いススが所々についていて。透明感《とうめいかん》のある額《ひたい》には、うっすら汗《あせ》が浮かんでいた。

どこか、体のぐあいが悪いのだろうか？

デュアンがとっさにそう思ったほど顔色が悪く、立っているのさえ辛《つら》そうに見えた。

しかし……。

それにしても、なんてきれいな子なんだろう。

デュアンがこれまで出会った女性なんか比べものにならない。どこか柔《やわ》らかな気品《きひん》が漂《ただよ》い、気のせいか、甘《あま》くいい香《かお》りが鼻《はな》をくすぐる。

「そいつはあんたのペットかい⁉　ずいぶん、物騒《ぶっそう》なお友達を持ったもんだ。今度からは、ちゃんと綱《つな》つけて散歩させるんだぜ」

膝《ひざ》についた泥《どろ》を払いながら、オルバが意地悪《いじわる》そうに言った。

少女は、心底軽蔑《しんそこけいべつ》しきったという目でオルバを見上げ、

「この子が雪豹《ゆきひょう》だから襲《おそ》ったのね。この美しい毛皮をとるために」

と、肩《かた》で息をしながら言った。

「ちぇ、冗談《じょうだん》だろ。そいつがいきなりこっちに襲いかかってきたんじゃねーか。言いがかりもいい加減《かげん》にしろ」

オルバが肩《かた》をすくめると、少女は一瞬《いっしゅん》戸惑《とまど》いの表情を浮かべ、雪豹《ゆきひょう》の顔を見た。

「クノック、それは本当なの？」

弱々《よわよわ》しい声でそうつぶやくと、ぐらりと上体を大きく揺《ゆ》らし、崩《くず》れるように倒れこんでしまった。

「き、きみ！　どうしたの⁉」

デュアンはかけよろうとしたが、少女の側《そば》に座りこんでいる雪豹と目が合い、あわてて立ち止まった。

「あ、あの……別に、危害《きがい》を加えようとか、そんなこと考えちゃいないからさぁ。ね？　んと、ほら、彼女心配だしー」

デュアンがしどろもどろに説明していると、誠意《せいい》が通じたのか、雪豹は一歩後ろに引き下がり、その場に静かに伏《ふ》せた。

「あ、わかってくれた……みたいだね？」

おっかなびっくり近寄る。

しかし、その時にはすでに少女は意識を失っていた。

「どーった。チェー、チェーッ⁉」

どこに隠《かく》れていたのか、木の上から飛び降りたのは金髪頭《きんぱつあたま》のチェック。

『どれどれ？』とばかりに、早速《さっそく》少女の顔や頭をのぞきこみ、チェックし始めたが、

「がるうう……」

伏《ふ》せていた雪豹に低く唸《うな》られ、バタバタと大慌《おおあわ》てでデュアンの肩にかけ上がった。

「ったくよお。おめぇの次は、こいつかよ。いきなり現れて卒倒《そっとう》するのが流行《はや》ってるらしいな」

オルバがぶつくさ言う。

そして、少女のようすを見ているデュアンに聞いた。

「病気か？」

弱っちい坊主《ぼうず》の次には、病気持ちの娘《むすめ》っこかと。頭が痛くなってきていた。

どうせ介抱《かいほう》しようと、この少年は当然のように主張するだろうし。そうじゃなくたって、このまま見殺しにしたりしては夢見《ゆめみ》が悪い。結局は面倒《めんどう》を見なくてはいけないだろう。

今回のクエストは一体《いったい》どうなってるんだ……。

「ちょっと待ってて。熱はないみたいだ。脈《みゃく》も正常だし……」

少女の半身を抱《かか》え上げ、自分の額《ひたい》を彼女の額に押しあてていたデュアンが、今度は彼女の細い手首を取りながら言った。

「ふーん、おめぇ、医者《いしゃ》みてぇじゃねーか」

感心したように、オルバが言う。

「いや、たいしたことはできないよ」

デュアンは作業を続けながら小さく笑った。

たしかに、子供の頃《ころ》しょっちゅう病気をしていたせいもあって、医者《いしゃ》の真似事《まねごと》程度はできた。

かかりつけの医者だったミッチエルが、体は弱くとも頭のほうはかなり回転も早く応用もきくデュアンに、医術《いじゅつ》の基本を教えてやっていたからだ。

そう。デュアンには不思議《ふしぎ》と何かを教えたくなる……そんな一種独特《どくとく》の雰囲気《ふんいき》があった。お荷物《にもつ》になるに決まっているというのに、つい、同行を許したオルバ。彼も、やはり同じような何かを感じていたのかもしれない。

「よくわかんないけど。とりあえず、目立って異常はないみたい。きっと極度《きょくど》の疲労《ひろう》だ」

「極度の疲労!?」

「ああ。ほら、オルバ。彼女をもうちょっとましなところに寝《ね》かせてあげたいからさ。おぶってやってくれない？」

「お、俺《おれ》がか!?」

いつのまに、主導権《しゅどうけん》が移ってしまったのか。

オルバが目をむいて、人差し指で自分の顔を指さしていると、

「だって、ぼくはオルバの荷物を持ってるもの。ほら、それに彼女の荷物もある。しっかし重いなあ、これ。何が入ってるんだろ」

アニエスの荷物は、コロコロと地面を転《ころ》がすタイプの茶の皮製のトランクだった。

それを片手に持ち、オルバの大きなリュックを背中に背負《せお》ったデュアン。

「この雪豹《ゆきひょう》に乗っけてってもいいんだろうけど、うまくしないと転《ころ》がり落ちちゃうもんね。彼女、完璧《かんぺき》に意識ないみたいだし」

と、ニヤニヤ笑いながらオルバを急《せ》かした。

いったいぜんたい。

こんなことに関《かか》わっている暇《ひま》なんかねーぞ。

などと口のなかでブツブツ言いながらオルバが少女の側《そば》に近寄ると、横で静かに伏《ふ》せをしていた雪豹が再《ふたた》び低く唸《うな》った。

「うるせー！」

虫の居所《いどころ》が悪くなったオルバ、雪豹の鼻《はな》っつらに向かって怒鳴《どな》った。

「がうう!!」

負けずと、鋭《するど》い牙《きば》をむき出す雪豹。

「ほら、バカなことやってないで急ごうよ。もうすっかり日が暮《く》れちゃったよ」

ぽんぽんとオルバの腕《うで》を叩《たた》き、重い荷物《にもつ》を背負《せお》いなおしたデュアン。

信じられないといった顔で見返すオルバに、にっこり笑って言った。

「そんで？　どっちに行く？　どこでキャンプする？」

3

「で、オルバが今やろうとしてるクエストって、どういうの？」

焚《た》き火《び》の前に座ったデュアンが聞いた。

両方の瞳《ひとみ》をキラキラと光らせた彼をちらりと見たオルバ。太い古木の幹に寄りかかり、鈍《にび》色《いろ》に光るボトルにゆっくり口をつけた。

頑丈《がんじょう》そうな喉首《のどくび》に、酒の滴《しずく》が光る。


彼らは、少女と出会った場所から、二十分ほど歩いたところで荷物を降ろした。柔《やわ》らかい下草が、野宿《のじゅく》には良さそうに見えたからだ。

あの少女は目を開くようすもなく、ぐっすり眠っている。雪豹《ゆきひょう》は一時も彼女のそばから離《はな》れず、静かに目を閉《と》じていた。

もっとよく点検《てんけん》してみたいチェックだったが、雪豹ががんばって動かないものだから、どうにも近づけない。そこで、時折《ときおり》、細い首を伸《の》ばしてはようすをうかがいつつ、イライラと立ったり座ったりを繰《く》り返していた。

「ねぇ、もったいぶらずに教えてよ。魔《ま》法使《ほうつか》いが関係してるんだろ?」

あかあかと燃える火の粉が漆黒《しっこく》の夜に舞《ま》い踊《おど》る。

大きく伸《の》びをしたオルバは、大儀《たいぎ》そうに口を開いた。

「しょうがねーなぁ。いいか。このクエストは俺《おれ》が買ったんだからな」

「ああ、シナリオ屋で買ったの!?」

「そうさ。だから、いくらお宝《たから》が見つ

かろうと、おめぇの取り分はねぇからな。先に了解《りょうかい》しといてもらおう」

「宝《たから》!?」

宝探しか!!

その上、魔法使《まほうつか》い……。

すごい、すごい!

「もちろんだよ。宝なんか欲しくない」

ますます目を輝かせたデュアンは中腰になり、オルバの次の言葉を待った。

しかし、オルバは話してきかせるかわりに、筒状《つつじょう》に丸まった汚い紙きれを投げてよこした。

デュアンは茶色に変色した紙を急いで広げ……。

そして、中身を見て、ゆっくり顔をあげた。

「『魔女《まじょ》の森』!?」

オルバが満足そうにうなずく。

数年前にシナリオ屋から安く買ったものだ。

シナリオ屋というのは、いうまでもなく、各地で噂《うわさ》されるクエストの資料を揃《そろ》えたシナリオを売る商人たちのことで。オルバのような冒険者《ぼうけんしゃ》たちがクエストの途中《とちゅう》などで耳にした別のクエスト情報を買い取り、他の冒険者たちに売っている。

冒険者支援《しえん》グループでも各種シナリオを提供していたが、たいがい誰《だれ》もが知っているようなシナリオか、経験値も実入《みい》りも少ない奴《やつ》。

もっともコストパフォーマンスの高い、穴場的《あなばてき》なシナリオがあるのは、こういう町のシナリオ屋だった。

もちろん、どうしようもないクズシナリオや偽物《にせもの》、ウソのシナリオもあるにはあるのだが。

そのへんを見極《みきわ》めるというのも、冒険者の技量《ぎりょう》だ。

オルバが今回挑戦《ちょうせん》しようとしているクエスト……題して『魔女の森』。

クエストレベル、十〜十二と、レベル的にもちょうど手頃《てごろ》だったし、前回のクエストが割と近場《ちかば》だったというのもあったので、これに決めた。

この……油断《ゆだん》すればデュアンのように迷《まよ》いこんでしまう無気味《ぶきみ》な森。ここが問題の『魔女の森』である。

シナリオによると、森全体に呪《のろ》いの魔法がかけられており、注意しなければ、同じところをグルグルと回ってしまい方向を見失うとあった。

オルバはこんな時のために、魔力《まりょく》に打ち勝つ方位磁石《ほういじしゃく》を持っていた。

それ自体、特殊な魔法がかけられており、磁場《じば》を作為的《さくいてき》に狂《くる》わせるような力が加わった場所に行くと、すばやく察知《さっち》し、軌道《きどう》修正を加えるというスグレモノだ。

この方位磁石《ほういじしやく》によると、森の中は何メートルか歩くたびに、ほんの少しずつ磁場《じば》が狂《くる》っていた。デュアンが三日間歩いても街道《かいどう》に出られなかったわけだ。

クエストの目的は、この森に住むオグマとサムラという双子《ふたご》の魔女《まじょ》、その彼女たちが集めた宝《たから》である。

「オグマとサムラ……」

聞いたこと、あるぞ。きっと有名な魔女だ！

深いシワで覆《おお》われた顔、落ちくぼんだ目と小さくしぼんだ口。黒いマントと節《ふし》くれだった杖《つえ》。頭の先から爪先《つまさき》まで、そっくり同じ……カラスを思わせる容貌《ようぼう》のふたり。

デュアンは勝手《かつて》に想像をして、恐怖《きょうふ》と期待で背筋《せすじ》をゾクゾクさせていた。

「完璧《かんぺき》だ。完璧なクエストだ！」

興奮《こうふん》した口調《くちょう》で言うと、オルバはまんざらでもないといった顔で口の端《はし》をニッとあげた。

「まぁな。悪かぁねーだろ。四百Gで買ったにしてはな」

「四百G!?　このシナリオが!?」

「ああ、掘り出しもんってわけさ」

「ふーーん!!」
デュアンはもう一度シナリオを広げ、読みなおした。
これまでもこのクエストに成功し、見事《みごと》宝を持ち帰るのに成功した冒険者《ぼうけんしゃ》もいるにはいたらしい。
しかし、なぜか宝はひとつしか持ち帰れないことになっていた。
その理由は書かれていない。成功した冒険者の誰《だれ》ひとりとして、そのわけを語ろうとした者はいなかったのだ。

CATALOG
ケッコー通販カタログ

自動修正機能つき万能方位磁石
「バンホウ」

行けども行けども、目的地に着かない。マップ通りに歩いているつもりが、実はとんでもない場所に…!? こんな経験はありませんか？　自然のダンジョンではこのような心配もないのですが、魔の力の加わったダンジョンだと注意が必要です。意地の悪いワープポイント、知らず知らずのうちに磁場が狂う空間、回転床……。悪意に満ちた奴らは、やがてあなたが疲れ果てて倒れるのをじっと物陰から見守っているのです。

でも、もうご安心ください。わたくしどもが独自開発をした、この「バンホウ」。かなり強い魔力にも打ち勝つ、魔道師アンクレット様の力が加わった魔法の磁石です。不自然な魔力を関知すると、自動的に軌道修正を加え、あなたを正しい方向に導きます。

冒険を科学する
株式会社リングワンダ

ただし、たったひとつの宝《たから》であっても、それだけで最低一年やそこらは遊んで暮《く》らせるほどの価値《かち》があるだろうと書いてあった。

「そうか……だから、お宝があっても分配《ぶんぱい》はしないってわけだね」

デュアンがシナリオを見ながら小声でつぶやくと、

「まぁ、いつもは宝が目的っていうわけじゃねーんだけどよ、俺《おれ》の場合。今はちょっと入り用があってな」

オルバが照《て》れくさそうにつけ加えた。

実をいうと、今、彼が装備《そうび》しているアーマーは借り物だった。前々回の冒険中《ぼうけんちゅう》に知り合った盗賊《シーフ》に、まんまと盗《ぬす》まれてしまったのだ。だから、一刻《いっこく》も早く金を貯《た》めて、まっとうな防《ぼう》御力《ぎょりょく》のあるアーマーを購入しなければならなかった。

しかし、アーマーの値段は飛び抜けて高い。それもあって、コストパフォーマンスの高いクエストを……と、この『魔女《まじょ》の森』を選んだのだが……。

くそ。また思い出しちまった。

あの盗賊野郎《やろう》！　やけに強い酒だと思ったんだ。

オルバがグイッと酒をあおった……と、その時。熟睡《じゅくすい》しているはずの少女が目を開いた。

4

デュアンもオルバもそれには気づかなかったが、ずっと彼女のようすをうかがっていたチェックが発見した。

「起きた、起きた！　おーっきた！」

「なんなんだ。うるさいぞ、チェック！」

しかし、デュアンが振り向いた瞬間《しゅんかん》、彼女はまたスーッと瞼《まぶた》を閉《と》じてしまった。

それにしても。やわらかな頰《ほお》といい、艶《つや》やかな髪《かみ》といい。女の子っていうのは、こんなにもきれいなものか？

焚《た》き火《び》のせいか、ほんのり頰に赤味がさしてきている。

思わず見とれているうち、瞼のあたりがピクピクしているのに気がついた。

「なぁーんだ。やっぱり起きてるんじゃない。寝《ね》たふりしててもダメだよ」

デュアンが言うと、瞼のピクピクが激《はげ》しくなった。

しばらく、そのままだったが、ついに辛抱《しんぼう》できなくなったらしい。

パチリと大きな目を開けた。そして、開口一番、

「なによ！」

と、かわいい口を尖《とが》らせた。

「ちぇ、かわいくないなあ。ぼくたち、君を助けたんだぜ？　あわや、君の、その雪豹《ゆきひょう》にかみ殺されそうになったっていうのにさ」

そうは言いながらも、少女の顔色がすっかりよくなったのを見て、デュアンはほっとしていた。

目も生気《せいき》をとりもどし生き生きしているし。もうだいじょうぶだろう。

少女はすっと立ち上がると、デュアンには見向きもせず、オルバのほうにスタスタ歩いていった。

酒を飲みながら二人のようすを見ていたオルバは、なんだなんだと少女の顔を見上げた。

彼女はオルバの前に立つと、腕《うで》を組み、値踏《ねぶ》みをするようにオルバの顔や体を見た。

「そこの坊《ぼう》やは頼《たよ》りになりそうにないけど、あんたなら合格だわ」

「そ、そこの坊や!?」

デュアンが大きな声で聞き直した。

「冗談《じょうだん》だろ？　どう見たって、同《おな》い年《どし》か……いや、君のほうが年下だろ？」

しかし、少女はデュアンのほうを振り向きもしない。

じっとオルバの目を見つめ、クイッと形のいい顎《あご》を上げて話を続けた。

「わたしの名前は、アニエス。アニエス・リンクよ。悪いけど、あんたたちの話はみんな聞かせていただいたわ。『魔女《まじょ》の森』の話をね」

オルバは片方の眉《まゆ》をちらっとだけ上げた。

「オグマとサムラの宝《たから》でしょ奇遇《きぐう》ね。実は、このわたしも同じなのよ。この子と一緒《いっしょ》に行くつもりだったの」

と、振り返った先に、雪豹が姿勢よく座ってオルバを油断《ゆだん》なく睨《にら》みつけていた。

オルバは目を閉《と》じ酒のボトルに再《ふた》び口をつけながら、片手でシッシッと追い払う真似《まね》をした。勝手《かって》に行けば？　とでも、言いたげなそぶりだ。

「なによ。失礼ね！　話は最後まで聞くのが人間としてのマナーだわ」

アニエスがいきりたつと、オルバはボトルから口を離した。

「うるせーガキだ」

そして、わざとらしく大きくのびをし、大口を開けて欠伸《あくび》した。

「さて、寝《ね》るぞ。明日《あした》は早めに出発するからな。おい、嬢《じょう》ちゃん、あんたはついてくんなよ。別に魔女の家に行きたきゃ勝手に行けばいいさ。止めはしねぇ。個人の勝手だからな。しかし」

と、ゴツゴツした長い指をアニエスの鼻先《はなさき》につきつけ、

「あんたは、あの雪豹《ゆきひょう》と行け。俺《おれ》たちとは別行動だ。わかったな?」

目のあたりをパッと赤く染めたアニエスは、その時浮かんでいた全《すべ》ての言葉を喉《のど》の奥に押しこんだ。

ひとつ小さく咳払《せきばら》いをして、

「じゃあ、こうしてはどうかしら。わたしがあんたを雇《やと》うの。あんた、見たところかなり腕《うで》のたつ傭兵《ようへい》のようだし」

その一言で、オルバは間髪《かんはつ》入れず手を出した。

「前金で五千だ。成功報酬《ほうしゅう》は、その三倍。しめて二万」

「まさか！　相場の倍だわ！」

アニエスが叫ぶ。

「別にいいさ。この話はなかったことに……」

オルバが手を引っこめかけると、アニエスは大あわてでその手を握《にぎ》った。

「これを。これを取っといてちょうだい。目利《めき》きに見せれば一万は下らないはずよ」

オルバのごつい手に握らせた、それは……燃えるような赤い宝石《ほうせき》の入った指輪《ゆびわ》だった。宝石の台には、小さな花の紋章《もんしょう》が刻《きざ》まれている。

「うわあ！　すっごくきれいだ。こんなにきれいな赤、ぼく、見たことないや」

横からチェックと一緒《いっしょ》にのぞきこんだデュアンが感嘆《かんたん》の声をあげた。

しかし、アニエスは相変わらずデュアンには見向きもせず、じっとオルバのようすを見つめていた。

オルバはというと、手の中の赤い宝石とアニエスの顔を見比べ、

「俺はな、現金以外受け付けねえ主義なんだ。……ま、しかし。どうやらこの宝石は本物らしい。デュアンが言う通り、たしかにこんなすげぇ色の宝石は見たことねぇしな」

アニエスの顔がパッと紅潮《こうちょう》する。

「いいだろう。前金はこれで勘弁《かんべん》してやらあ。その代わり、成功報酬はこのクエストのお宝《たから》だ。おまえさん、どうやら現金を持ってねえみてぇだしな。……そうだな。半々ってとこで手を打とうじゃねーか」

「で、でも、さっき宝はひとつしか持ち帰れなくって、だから分配《ぶんぱい》できないって言ってたじゃないか!?」

デュアンが異論《いろん》を唱《とな》える。

「だから、町に行って売ればいいだろ？」

「ああ、それで分配するわけか」

オルバはアニエスに向きなおって言った。

「どうだい。嫌《いや》なら別にいいんだぜ。宝《たから》をひとり占《じ》めすりゃ、こんな指輪《ゆびわ》、いらねーもんな」

アニエスは大きな瞳《ひとみ》でしばらく宙《ちゅう》を見つめていたが、気を取り直したように笑顔をとりつくろってうなずいた。

「わかったわ。それで充分《じゅうぶん》よ」

「よし。それじゃ、商談《しょうだん》成立だ。しかし、これだけは覚えておいてくれよ。いくらあんたが雇《やと》い主《ぬし》でも、これからしばらく俺《おれ》がチームのリーダーだ。俺の言うことには必ず従ってもらう。いいな？」

アニエスは無言でうなずいた。ついでに、横で聞いていたデュアンも、彼の肩《かた》にとまっていたチェックも同じようにうなずいた。

そのようすを見て、オルバは内心深く溜息《ためいき》をついていた。

おいおい、オルバさんよぉ。

いつから保育園の先生になっちまったんだい？

5

アニエス・R・リンク。

デュアンと同じく十六歳。ただし、彼女のほうは六月になったばかりだ。冒険者《ぼうけんしゃ》になったばかりでもある。

職種は魔法使《まほうつか》い。攻撃系の魔法が使え、特にファイアー系が得意《とくい》中の得意。冒険者レベルはまだ三だが、なぜかファイアーだけはレベル十だった。これには、魔法屋の先生たちも皆《みな》一様《いちよう》に驚《おどろ》いていた。

しかし、これにはわけがある。

実は、彼女の母が火のエレメンタルの力を借りる精霊使《エレメンタラー》いだったのだ。

アニエス自身は、残念ながらその才能を授かっていなかったが、他の人たちよりは数倍……いや、数十倍強いファイアーの使い手に成長していた。

ただし、ファイアーのレベルのみ飛び抜けて高いだけで。他の……いわゆる魔法を制御《せいぎょ》する精神力＝魔力《まりょく》はレベル並みでしかない。しかも、適当なファイアーでお茶を濁《にご》すということもできない。

つまりどういうことかというと、ものすごい威力《いりょく》の魔法しか使えないくせに、すぐ魔力を消耗《しょうもう》してしまうため、連続して魔法を使うことなどできない。いや、それどころか、さっきのように一度魔法を使っただけで、昏倒《こんとう》してしまいかねないという……なんとも厄介《やっかい》な魔法使いなのだ。

そう。さっきの……デュアンたちが消そうとかけつけた山火事騒《さわ》ぎ。あれは、アニエスのファイアーが原因だった。

ただでさえ迷《まよ》うように作られた魔女《まじょ》の森。そして、木の妖怪《ようかい》だの沼の化《ば》け物《もの》だの、彼女の行く手を阻《はば》む数々のトラップ。いい加減《かげん》頭にきているところに、今度は恐《おそ》ろしく醜《みにく》いジェリースライムの団体に出会ってしまった。

とはいえ、それまでのモンスターどもは全部雪豹《ゆきひょう》のクノックが倒していたから、アニエスが疲《つか》れることもなかったのだが。

なにせ人一倍短気で、その上正義感がすばらしく強い。邪悪《じゃあく》なものを見たり聞いたりすると、もう、誰《だれ》も彼女を止められない。レベル十のファイアーが炸裂《さくれつ》! 結果、あたりは火の海、本人昏倒《こんとう》……。

さっきも例外ではなく、哀《あわ》れジェリースライムの親子(か、どうか定かではないが)は正義の炎《ほのお》に焼きつくされ、跡形《あとかた》もなく蒸発《じょうはつ》してしまった。

そのすぐ後に、デュアンとオルバがかけつけたと。こういうことだった。

装備《そうび》は、魔《ま》法使《ほうつか》いらしく布のローブと布のマント。人目を忍《しの》ぶ理由があったため、地味《じみ》な色のみすぼらしい身なりである。

しかし、人目に立たないように……と思っている彼女の意図《いと》とは裏腹《うらはら》に、腰《こし》まで届《とど》く艶《つや》や

Duan Surk Character File

冒険者レベル
3
賞罰
特になし

Name
アニエス・R・リンク

ジグレス367年6月2日生まれ

本籍・国籍……フィアナ国
連絡先…………同上
職種……………魔法使い

交付：ジグレス383年7月2日

ジグレス384年6月2日まで有効

各特性値

体力……… 19	知力……… 41
カルマ……+9	魔力……… 33

経験値 **470** 500でレベルアップ可

アニエス・R・リンク

雪豹を連れ、ひとりで魔女の森にやってきた16歳の少女。腰まで届く艶やかな赤い巻き毛に、紫の目。精霊使いの血を引く魔法使いだ。冒険者になったばかりでレベルは3。攻撃魔法が得意で、特にファイアーだけは高レベルの魔法が使える。

クノック

幻惑の術を使うことができると言われる伝説のモンスター・雪豹。いつもアニエスの側にいて、彼女を守っている。

かな赤い巻き毛といい、印象的な紫《むらさき》の瞳《ひとみ》といい、透《す》けるような白い肌《はだ》、品のいい顔立ちといい。誰《だれ》もが彼女とすれ違っただけで、振り返らずにはいられなかった。その上、世にも珍《めずら》しい雪豹《ゆきひょう》を連《つ》れているのだから。目立たないはずがない。

アニエスは誰に悟《さと》られることもなく、ひとり魔女《まじょ》の森にやってきたと思っているのだが、実は、彼女の後を追いかけている男がいた。

暗殺者《アサッシン》。

影《かげ》のように密《ひそ》やかに、そして確実に獲物《えもの》を追いつめ息の根を止める。それが彼の仕事だ。

アニエスひとりなら造作《ぞうさ》なく仕事も片づいただろうが、雪豹が彼女にぴったりとついて離れないでいる。しかも、ほとんど全《まった》くといっていいほど、隙《すき》を見せないのだ。

いつ、どこで『仕事』をするのか……躊躇《ちゅうちょ》しているうちに、魔女の森の奥深くやってきてしまった。

しかも、どうやらファイターらしい男たち二人と同行することになったようだ。

ひとりはたいしたことがなさそうだが、背の高いほうの男はかなりの使い手らしい。

少し離れた木の上でアニエスたちの様子をうかがっていた暗殺者は、心の中で舌打《したう》ちをした。

面倒《めんどう》なことになったものだ。

こんなことなら、もっと早くにやっちまえばよかった。

幸い、この森ときたら、どこもかしこもトラップだらけ。モンスターの大安売り。

このまま黙《だま》って見ているだけで、じき勝手《かって》に死んでくれそうな気もするが……。

と、そう考えて、「いやいや」と暗殺者は首を振った。

この手で息の根を止めなくては……。

長くしなやかな指を広げ、ゆっくりと握《にぎ》る。

あの白く細い娘の首に、この指が吸いついていく様《さま》を思い浮かべた。

驚《おどろ》きと恐怖《きょうふ》に染《そ》まった美しい瞳に映《うつ》る、自分の顔……。

そうだ。

モンスターと奴《やつ》らが戦っている隙を狙《ねら》おう。

それしかない。

できれば奴らが魔女の館《やかた》とやらに入ってしまう前にかたづけたいが、果《は》たしてそうそう都《つ》合《ごう》よく適当なモンスターが出現するだろうか。

ファイターたち、そしてあの雪豹がかかりっきりになるような。

しかし、彼の心配は杞《き》憂《ゆう》に終わった。

朝を迎える前に、彼自身が目を疑《うたが》う……とんでもない化《ば》け物《もの》がアニエスたちに襲《おそ》いかかっていったのだ。

6

「ぴゃ?」

最初に気づいたのは、目敏《めざと》いグリーニアの子ども、チェックだった。

火の番をしているうち、ぐっすり眠りこんでしまったデュアンの膝《ひざ》の上で寝《ね》ていたチェック。ひとひらの風が運んできた妙《みょう》な臭《にお》いに、ヒクッと小さな鼻《はな》をうごめかせた。

大きな黒い目をパチクリと開く。

夜目《よめ》が利《き》く目だ。

深い森を冷たく照らしていたほぼ正円に近い月。しかし、今はその月に黒い雲がかかり、あたりは墨《すみ》を落としたような闇夜《やみよ》になっていた。

臭いのしたほうをうかがうと、今度はシュウシュウと風笛《かぜぶえ》のような音がした。

シュウ、シュウ、シュウ……。

今度は頭上から!?

しかも、意外《いがい》なほどに近い。

「ギィ————ッス! 危険、危険!」

たまらなく恐《おそ》ろしくなったチェックは、自分で点検《てんけん》に行くより先にデュアンたちを起こすことにした。

「な、なんだよ……」

デュアンは眠《ねむ》い目をこすりこすり、騒《さわ》ぎまくるチェックの背中をポンポン叩《たた》いてやった。

「ギィ――ッス！　危険、危険!!　何かいる。何かいるゾ！」

「がるるるる……」

チェックはおとなしくならないし、今度は雪豹《ゆきひょう》のクノックまで低く唸《うな》り始めた。

「うっせぇーぞ」

ようやくオルバが起きだし、不機嫌《ふきげん》そうに焚《た》き火《び》にくべてあった太い木の枝をつかんだ。

チェックが指さす先を照らしてみたが、

「おいおいおい、ウソだろう？」

そうつぶやきながら火を上のほうにかざし、頭上を見た。

デュアンもつられて上を見て……そして、その場にドスンと尻餅《しりもち》をついた。

「あ、あれ……いったい何!?」

デュアンが恐々《こわごわ》聞くと、オルバは喉元《のどもと》を押さえながら呻《うめ》いた。

「とりあえず……ヒュドラーって奴《やつ》だろうな」

漆黒《しっこく》の闇《やみ》の中、松明《たいまつ》に照らされ、ほんのり輪郭《りんかく》だけが浮かびあがったのだが。

なんという大きさだろう！

全長……ゆうに十メートルは超《こ》えているのではないか。

太く長い首が数本、ゆらゆらと揺《ゆ》れながらデュアンたちを見下ろしていた。
一、二、三、四……。
デュアンは黒い木のようなヒュドラーの首の数を数えていき、全部で九本あることを確かめた。本に書いてあった通りだ！

……しかし。

複数の長い首が別々に蠢《うごめ》く様《さま》は、恐《おそ》ろしいというより先に呆気《あっけ》にとられるといったほうが正解だ。

目はオレンジ色に光り、その目の横まで裂《さ》けた口からは真っ赤な細い舌《した》が出たり引っこんだりしている。

巨大な蛇《へび》の頭を複数持つという、伝説の魔物《まもの》。

サイクロプスに続き、またもこんな場所に現れるはずのない、本の中にしか登場しないはずのモンスターがすぐ目の前にいて。

例のシュウシュウという音をさせながら、デュアンたちの様子をうかがっているのだった。

「どうするの？」

デュアンが押し殺した声で聞くと、

「どうするも、こうするも……」

オルバは目線だけヒュドラーに固定したまま、大急ぎで身支度《みじたく》を整えた。

「逃げるぜ。たぶん、見逃してはくれねーだろうが。こんな化《ば》け物《もの》、まともに戦うなんざ、正気《しょうき》の沙汰《さた》じゃねー」

オルバにならって身支度をしながらデュアンが、

「でも、もしかしたら……あのサイクロプスと同じで」

「ああ、もしかしたらじゃなく、そうだろうな。こいつも魔女《まじょ》のかけた魔法《まほう》の産物《さんぶつ》だろうさ。それでも、俺《おれ》たちにゃかなわねー相手だってことだけは変わりねぇだろ」

「そうだ。アニエスは？」

急に思い出して、アニエスを見る。

げ！　なんだ、あいつ。

こんな騒《さわ》ぎになってるってのに、まだ熟睡《じゅくすい》してるじゃないか!!

「アニエス、おい、アニエス！」

デュアンがアニエスを揺り起こすと、しばらく無言の抵抗《ていこう》をしていた彼女。

思いっきり不機嫌《ふきげん》そうに両眉《りょうまゆ》をしかめ、デュアンの手を邪険《じゃけん》に払《はら》いのけた。

「なにするの！　いやらしいわね」

「い、いやらしいって……!!」

全《まった》く予期《よき》しなかったことを言われ、頭の中が白くなったデュアン。しばし、ヒュドラーのことも忘れ、アニエスを穴があくほど見つめた。

こいつ、すっげー寝起《ねお》き悪いな。

「なによ！　何か用なの？　それに……なんだ、まだ真夜中じゃない」

まわりを見回して言う。

「アニエス、上、見てごらんよ」

デュアンがそっと頭上を指さした。

「え⁇」

と、見上げたちょうどその時、月をおおっていた黒い雲が風に流されていった。

月の光が再《ふたた》び森を照らし、巨大な蛇《へび》の首を林立《りんりつ》させたヒュドラーの全貌《ぜんぼう》も照らしだした。

全身をおおったテラテラと光る鱗《うろこ》、何重にも重なった胴体《どうたい》の肉の塊《かたまり》、重すぎる上半身を支える醜《みにく》く短い四本の足……。

「…………………!!」

アニエスは声もなく、大きな目をますます大きく見開き、両手をしっかり握《にぎ》り合わせた。歯がガチガチと鳴っている。

「おい、何やってんだ。置いてくぞ、こら！」

すっかり身支度《みじたく》をしたオルバが重そうなロングソードを片手で構《かま》えながら、デュアンたちに声をかけた。

「今行く。ほら！」

デュアンが手を差し出すと、アニエスは目を見開いたまま、その手とデュアンの顔とを見比べた。

「ぐうぐぐぐ」

すぐ横で彼女を見守っていた、雪豹《ゆきひょう》のクノックも低い声でうながした。

アニエスは迷《まよ》わずデュアンの手を無視《むし》して自分のトランクをしっかり持ち、クノックの背中にまたがった。

と、同時にクノックは彼女を乗せ、素晴《すば》らしいスピードで森の中をかけ抜けていった。

7

「ちぇ！　なんなんだよ、まったくー！」

ひとり取り残されたデュアンが大いにくさっていると、チェックが、

「ギイーッス！　デュアン、危ない！」

かなきり声をあげた。

「うわああ！」

逃げるより前に、ヒュドラーの頭のひとつがデュアンの背負《せお》っていたリュックに食いついた。

そのままパクリと飲みこむ魂胆《こんたん》だろう。いったん、離して、もう一度大口を開けた。

もちろん、デュアンとてそのまま食われているほど間抜《まぬ》けではない。

寸《すん》でで横っとびに転《ころ》がり、ヒュドラーの攻撃をかわした。

が、ほっとする間もなく、他《ほか》の首が一斉《いっせい》にデュアンたちを襲《おそ》いはじめた。

「くそ！　かてぇーな、ったく」

デュアンを救《すく》うため、戻《もど》ってきていたオルバ。彼が叩《たた》きつけたロングソードもヒュドラーの堅《かた》い鱗《うろこ》に空《むな》しく跳《は》ね返されるだけ。何度か必死に振り下ろしているうち、やっと大木のような首にロングソードが突《つ》き刺《さ》さった。

「ばか！　なんで戻《もど》ってきたんだ」

ヒュドラーの首に足をかけ、刺さったままのロングソードを引き抜きながらオルバが怒鳴《どな》

った。

クノックに乗って逃げてしまったはずのアニエスまで戻ってきて、ヒュドラーに狙《ねら》われ四苦八苦《しくはっく》していたからだ。

「あんたたちを残して自分だけ助かろうなんて。わたし、そんな卑怯者《ひきょうもの》じゃないわ！」

アニエスが叫び返した。

とはいえ、あまりの恐《こわ》さにとりあえず一目散《いちもくさん》に逃げ出したのだが。デュアンたちが残っているのを知って、またまた戻ってきたのだ。

「っだぁあー。おめぇが来て何の役に立つっていうんだ」

やっと剣《けん》を引き抜いたオルバ、

「でぇぇぇあ――――！」

渾身《こんしん》の力をこめて、その剣を、今引き抜いたばかりのヒュドラーの首に振り下ろした。

「ギュアイヒルウウウウ……」

何とも言いがたい叫び声がしたかと思うと、ドサッと地響きをたてて首が一本倒れこんでいった。

傷口からドッと赤い血が吹き出した。

「すごいや！　オルバ」

二本の首に追っかけまわされていたデュアンが叫んだ。

そして、

「これ、これを忘れちゃダメだよ」

と、焚《た》き火《び》の中のひときわ燃えていた薪《たきぎ》を一本つかみ、生新しい傷口に押しつけた。ジュウ――ッという音と肉の焦《こ》げる臭《にお》い。

「何だ。何のまじないなんだ？」

オルバが聞くと、

「こうしておかないと、傷口からまた……今度は二本首が生えてくるんだって、本に書いてあったんだ。本当かどうか知らないけど……でも、やっといたほうが無難《ぶなん》だろ？」

「おう。そうだな。それはいいが……後ろ、来てるぜ」

「え⁉」

と、振り返ったデュアン。

さっきから彼を執拗《しつよう》に追いかけまわしていた二つの頭が、どちらも口を大きく開け牙《きば》をむきだし、デュアンに襲《おそ》いかかってきていた。

「ひゃぁ！」

しかし、反対方向へは逃げないで、わざと向かっていった。

二つの頭のすぐ下をかいくぐるのだ。こうすると、巨大なヒュドラーには、一瞬《いっしゅん》デュアンがかき消えたように見えるはず。

確かに、目標を見失った二つの大蛇《だいじゃ》たちはお互《たが》い、不思議《ふしぎ》そうに自分たちの顔を見比べていた。

そこをすかさずオルバが切りつけていく。

ただし、さすがに二本を同時に相手できるわけではない。大木を切り倒すように何度も切りつけていると、他の首がガァ——ッと大口を開け、襲いかかってきた。

「お——っと、危ねぇ」

ひょいと上半身をかがめて、ヒュドラーの攻撃をかわすオルバ。

最初は驚《おどろ》きと恐怖《きょうふ》とで気が動転《どうてん》していたが、慣《な》れると相手の動きが見えてくる。特にヒュドラーはその巨大な体ゆえに動きが鈍《にぶ》い。次の動きが容易《ようい》に予想できる。落ちついてさえいれば、充分《じゅうぶん》かわせるのだ。

「ぎぃ——っす、オルバ、ぎぃーっす！」

チェックが叫ぶ。

今度は別の首がオルバを狙《ねら》っていたが、そこをチェックが教えた。

「さんきゅう。その調子で頼《たの》むぜ」

オルバに誉《ほ》められ、チェックはまん丸い目をさらに丸くし、そして、

「ぎぃ――っす！」

と、得意《とくい》そうに叫んだ。

ヒュドラーの首をオルバが切り落とし、その切り口をデュアンが火であぶる。空中からチェックがヒュドラーの動きを見張り、ふたりに注意する。

この連携《れんけい》プレイがスムーズにいきだした時、ひとり、相変わらずキャアキャアと騒《さわ》ぎまわっていたのがアニエスだ。

その彼女をひとのみにしようと大口を開けたヒュドラーに、

クノックが飛びついた。

当然、彼の背に乗っていたアニエスは地面に転《ころ》がり落ちたが、そのおかげで大蛇《だいじゃ》の牙《きば》から逃れることができた。

クノックは鋭《するど》い爪《つめ》でヒュドラーの目を思いっきり引っかいた。

片目をやられ、頭を大きく上下左右動かし苦しがるヒュドラー。

クノックは脇腹《わきばら》を一撃《いちげき》され、鞠《まり》のように転がった。くるくると回転した後、体勢を整え、もう一度果敢《かかん》に向かっていく。

この時、黒い影《かげ》のような男がアニエスの背後《はいご》に忍《しの》び寄《よ》っていった。

暗殺者《アサッシン》だ。

アニエスはクノックのことしか頭になく、後ろから足音を忍ばせ、近づいてくる者のことなどチラッとも気づいていなかった。

デュアンとオルバは、ヒュドラーの攻撃をかわすので精《せい》いっぱいだったし、クノックはというと……さすがの彼も相手がヒュドラーでは手に負えない。

何度も何度もやられ、純白の毛皮に薄赤《うすあか》い血の色が混《ま》じり始めた。

「クノック!!　もうやめて。あなた、下がってなさい！」

絶叫《ぜっきょう》とも聞こえる声でアニエスが言い、クノックをかばうようにヒュドラーの前に出ていった。

そして、

「も――、許せない！　あんたたち、まとめて火だるまにしてあげる！」

と、叫んだかと思うと、目を閉《と》じ、口の中で呪文《じゅもん》を唱《とな》え始めた。

(今だ！)

暗殺者《アサッシン》は心の中で叫び、アニエスの背後《はいご》にかけよろうとした……。

が、

「お、おめぇ、なに突っ立ってるんだよ！」

オルバの声に、あわてて引っこんだ。

オルバはというと、我と我が目を疑《うたが》っていた。

なにしろヒュドラーのすぐ前で、アニエスがひとり立ちつくし、目を閉じ、何やらつぶやいているのだから。

彼女のか細い体めがけ、三本の大蛇《だいじゃ》が一斉《いっせい》に噛《か》みつこうと首を伸《の》ばした。

かけよったオルバがアニエスを抱き上げようとした、その一瞬《いっしゅん》前。

彼女の持っていた銀色のロッドから、すさまじい炎《ほのお》が一気《いっき》に吹き出した。

「うひゃあ！」

アニエスを後ろから抱きしめたまま、オルバは顔をそむけた。

熱波が彼の頬《ほお》を焦《こ》がす。

「チェック！　こっちだ。早く！」

あわや、巻《ま》き添《ぞ》えをくって、丸焼きにされそうになったチェックがバタバタと羽《はね》を羽ばたかせ、デュアンの後を追った。

デュアンも必死に逃げ出した。

そして、逃げながら振り返った。

「す、すげぇ――！」

十メートルを超《こ》えるヒュドラーの巨体《きょたい》が紅蓮《ぐれん》の炎の中、苦しそうにもがき、のたうちまわっていたのだ。

「おらおら、逃げるぜ！」

つい見とれて立ちつくしていると、すぐ脇《わき》をオルバがやってきて言った。

彼はぐったりしたアニエスを軽々《かるがる》と抱《かか》えていた。すぐ後ろ、クノックが続いている。

「どうしたの？　彼女」

デュアンが聞くと、

「わかんねえ」

オルバは一言、そう言った。

後ろでは、全身を焼かれ、ぼろぼろと落ちていくヒュドラーがいた。

と、アニエスの胸についていた冒険者《ぼうけんしゃ》カードが眩《まぶ》しくフラッシュした。

「すごい。レベルアップしたんだね!?」

デュアンがうらやましそうに言う。

「そりゃ、そうだろうなぁ。いくら木偶《でく》の坊《ぼう》相手でも、あんだけすげーのを倒したんだ。百やそこらアップしてもいい」

オルバはそう言うと、アニエスを抱《かか》えなおし、彼女のススだらけの顔を改めて見た。あんなすさまじいファイアーを見たのも初めてなら、こんなに可憐《かれん》な魔《ま》法使《ほうつか》いというのにも会ったことがない。

オルバは深々《ふかぶか》とため息をつきながら言った。

「何にせよ、たいしたお嬢《じょう》ちゃんだぜ、こいつぁ」

STAGE 3

1

彼女たちの部屋に入った人間は、まずその異様《いよう》な匂《にお》いに閉口《へいこう》しただろう。もちろん、かつてその部屋に入った人間などひとりもいないのだが。

むせかえるような、なんとも形容しがたい匂い。

いくらいい匂いの香水《こうすい》でも、複数混《ま》ざりあうと、どうしようもない悪臭《あくしゅう》になることがあるが……この部屋の場合は、まさに最低でも五十種類の香水が混ざり合ったくらいに強烈《きょうれつ》だった。

やはり異様な臭気《しゅうき》を放ち、近づく動物たちを痺《しび》れさせるというヘラ・マンイーターも、この匂いの前では……反対に痺れて動けなくなるにちがいない。

所狭《せま》しと置かれたおびただしい数の花、そしてヌイグルミ……いや、まるでヌイグルミのような愛玩用《あいがんよう》のモンスターたち。ショッキングピンク、蛍光《けいこう》イエロー、エメラルドグリーン……彼らの毛皮は、不自然な色合《いろあ》いに染《そ》め分けられていた。

この何ともいいようのない匂《にお》いの一部は、この花とモンスターたちの匂いだ。しかし、大もとは……。

「きゃーっはっは、うっそー！　ねぇねぇ、オグマ姉さま。この子たち、ヒュドラーまでやっつけちゃったわ！」

ピンク色の巻き毛の若い女がテーブルの上をバンバン叩《たた》きながらわめいた。頭のてっぺんから出ているようなキンキン声だ。

「サムラ、あんたの声聞いてると頭痛くなっちゃう」

何かの骨で作られた揺《ゆ》り椅子《いす》に腰《こし》かけた女が答える。こちらは、低めのハスキーな声だ。

彼女は膝《ひざ》の上にペキュリーズという種類の愛玩用《あいがんよう》モンスターを乗せ、大きな金色のブラシでその長い毛皮を櫛《くし》といていた。

ペキュリーズは白目の多いひとつ目をギョロギョロ動かし、何とか女の腕《うで》の中から脱出《だっしゅつ》しようとジタバタもがいている。

「うんもう、この子ったら。ちっともじっとしてないんだから！　ほら、じっとしてなさいってば」

ピンク色の巻き毛のほうの女が魔女《まじょ》のサムラ。

そして、こっちの揺り椅子に腰かけたほうの女がオグマ。

デュアンたちがこれから挑戦《ちょうせん》しようとしていた館《やかた》の主《ぬし》、例の双子《ふたご》の魔女たちである。

長くてクルリと反《そ》り返ったまつげ、つんと先の尖《とが》った鼻《はな》、ぷくりとしたセクシーな唇《くちびる》……。

二人は双子というだけあって、そっくりそのまま。

ただ、サムラがピンクの巻き毛にピンクの口紅《くちべに》、ピンクのマニキュア……と、ピンクづくしだったのに対して。オグマは髪《かみ》の色、口紅、マニキュア……と、パープルづくし。

ふたりとも、フリルがどっさりついたドレスを着て、首にはジャラジャラとしたネックレスを、巻き毛の髪にも花飾《はなかざ》りをつけて飾りたてていた。

しかし、この……一見《いっけん》二十歳そこそこにしか見えない容姿《ようし》は彼女たちの魔力《まりょく》のたまもの。

本当の年齢《とし》は恐《おそ》ろしくて誰《だれ》も聞けない……いやいや、本人たちでさえ記憶《きおく》していないのではないか。少なくとも二百歳を超《こ》えているのは間違いなかった。

二人は二百年以上、ずっと二人っきりで暮《く》らし、この館に宝《たから》目当てで来る冒険者《ぼうけんしゃ》たちをいたぶることだけを楽しみにしてきた。

「ねえねぇ、この男、背の高いほうの。ちょっといい男だと思わない？」

サムラが手鏡《てかがみ》をのぞきながら言う。

火トカゲの装飾《そうしょく》がついた手鏡の中にはオルバの顔がアップで映《うつ》し出されていた。

「やあだ。こんなむさ苦しいの。あたしはこっちがいいわ。なんて美形《びけい》なんでしょ！」

オグマはペキュリーズのブラッシングをあきらめ、テーブルの上にあった銀の皿《さら》を手にした。

皿の中央に、デュアンの顔が映《うつ》し出される。

それをちらっと見たサムラ。

「オグマ姉さまったら、ほんと面食《めんく》いなんだもん。この前来た詩人《バード》なんて何にもしてないのに宝《たから》あげちゃったでしょ」

「ふん、ブライアンね。彼は見かけ倒しだったわ。いいのは顔だけ。おつむのほうは空《から》っぽ。でも、この子はきれいなだけじゃない。賢《かしこ》そうだもの。ねぇ、彼、なんて名前だっけ?」

「デュアンよ、デュアン」

「そうそ。デュアン・サークね。ふふふ、名前だって素敵《すてき》だわ。それにひきかえ、あんたのお気に入りはなぁーに?」

「オルバ・オクトーバ。ほら、素敵じゃなぁーい!? いかにもたくましそうで。苦《にが》みばしった顔立《かおだ》ちもいいわぁ」

「でも、オルバって男、ずっとこの女の子を抱《かか》えて歩いてるじゃないの。きっと気があるんだわ」

今度は銀の皿に、オルバに抱きかかえられたアニエスの姿が映った。彼女はまだ昏倒《こんとう》した

ままだ。

「そうじゃないわよ。彼はねぇ、根が優《やさ》しいの。それだけなの。あぁ、あたしもオルバ様のたくましい腕《うで》に抱かれたいわ。でも、……そうね。たしかにちょっとばかし憎《にく》らしいわね。このアニエスって子。あれでしょ？　この前の、例の女の娘《むすめ》なんでしょ？」

「そうみたいね。あたしたちを恨《うら》んでるんじゃないの？」

「やだ！　だって、あたしたち、ラミュアって女に頼《たの》まれたからやっただけでしょ。恨むんなら彼女を恨みなさいよね」

「ま、いいじゃない。これだけ楽しませてもらってんだからさ」

オグマはそう言いながら銀の皿をテー

ブルの上に投げ出し、代わりに手近にあった木片《もくへん》を手にした。

紫色《むらさきいろ》に塗《ぬ》られた長い爪《つめ》で木片を撫《な》でさする。

そのようすをみたサムラ。身を乗り出し、こぼれるような胸の谷間《たにま》を見せて、にやりと笑った。

「オグマ姉さま、次は何なの？」

「ふっふふふ……牛ちゃんよ、牛ちゃん。それより、あんたは何なのよ。さっきから作ってるのは」

オグマに言われ、サムラは大げさに肩《かた》をすくめ、ペロリと赤い舌《した》を出した。

「あたしはね。これよ、これ」

彼女は両手にひとつずつ木の人形を持ち、その長い舌で唇《くちびる》をなめまわした。

彼女が左手に持っていたのは鷲《わし》の人形。

そして、右手に持っていたのは獅子《しし》の人形だった。

2

昏倒《こんとう》したままのアニエスをおぶい、歩いていたオルバが立ち止まった。

あたりを見回し、首を傾《かし》げる。

「どうかした？」

先を歩いていたデュアンが走ってもどってきた。

チェックも「ギィーッス！」と、首を傾げる。

「ああ。どうもさっきから誰《だれ》かにつけられてるような気がするんだが……」

「誰かにつけられてる!?」

デュアンもあたりを見回す。

しかし、風にざわめく森の木の音がするだけだ。

とっくの昔《むかし》に夜も明けた。

「しかし、この嬢《じょう》ちゃん。いつまで気を失ってるんだか……。だいじょうぶなのかね」

「うん。これはぼくの勝手《かって》な想像なんだけど。きっと、この子。魔力《まりょく》を使い切っちゃったんだよ。だって、あんな大魔法《だいまほう》だもの。さっきこの子の冒険者《ぼうけんしゃ》カードチラッとだけ見たんだけどさ。四にレベルアップしたばかりで、魔力も三十三……」

「たいしたこたあないな」

「そうだろ？　なのにあんな大魔法を使ったんだ。気を失って当然だよ」

「じゃあ、もうちっと適当《てきとう》な……気を失わねーですむ程度の魔法にしときゃあいいだろうに」

「うん。……だから、昨日《きのう》ぼくらが彼女と会った時もファイアーを使ったばかりだったんじゃないかなぁ。だって、火の燃え跡《あと》があったし、気を失ってたし」

「けっ、なんとも難儀《なんぎ》な魔法使《まほうつか》いだ」

「ふん。難儀で悪かったわね！」

いつから起きていたのか、アニエスがオルバの長い髪《かみ》を思いっきり引っ張った。

「いてて。何すんでぇ。起きてるんなら、とっとと自分の足で歩けよ」

オルバがいきなり手を離したもんだから、アニエスは地面にドスンと転《ころ》がり落ちてしまった。

「いったぁ――い！　何するのよ」

尻餅《しりもち》をついたまま口を尖《とが》らせると、雪豹《ゆきひょう》のクノックが彼女の後ろに回りこみ、がるるる……と、オルバに唸《うな》った。

「冗談《じょうだん》じゃねぇ。昨日といい、今朝《けさ》といい。おまえさんがぶっ倒れている間、ずーっとおぶってやってたんだぜ？　礼くらい言ってほしいもんだね。ったく。今時《いまどき》の子どもは躾《しつけ》がなっちゃねぇな」

「失礼ね！　もう子どもなんかじゃないわ。十六になったんだから」

「へぇー！　じゃ、ぼくと一緒《いっしょ》だ」

デュアンがそう言いながら手を差し出すと、アニエスは憮然《ぶぜん》とした顔で、その手につかまり立ち上がった。

「それに、ヒュドラーをやっつけたのはわたしよ。礼を言うのはそっちなんじゃない？」

「冗談じゃない！」

今度はデュアンが彼女の手をふりほどいた。つかまっていた手が急にふりほどかれたものだから、アニエスは再《ふた》び尻餅をついてしまった。

「ち、ちょっといい加減《かげん》に……」

途端《とたん》、文句《もんく》を言おうとする彼女の口を人差し指でふさぎ、

「あのねぇ。ぼくたち、あのファイアーで危なく焼けこげにされるところだったんだぜ？特にチェックなんか間一髪《かんいっぱつ》だったんだ。あのヒュドラーもどきだって、ぼくとオルバとチェックで倒せるところだったしね。ほら、見てごらんよ」

デュアンはそう言って、チェックの頭を見せる。

哀《あわ》れ！　チェックのフワフワした金髪《きんぱつ》の頭のてっぺんはチリチリに焦《こ》げていた。

「あ、あら……ごめんなさい。知らなかったわ、わたし」

アニエスが急に素直に謝《あやま》ったもんだから、デュアンも拍子抜《ひょうしぬ》けしてしまった。

「別に、わかってくれればいいんだけどさ」

もう一度手を差し出し、助け起こしてやると、

「でも、『ヒュドラーもどき』って、どういうこと？　あれは本物のヒュドラーじゃないの？」

アニエスは大きな目をさらに大きく見開いてデュアンを見つめた。

「え、えっと……つまり、ここって『魔女《まじょ》の森』だろ？」

デュアンは彼女のきれいな瞳《ひとみ》に見つめられ、急にドギマギしてしまった。

オルバはというと、ニヤニヤ笑いながらそのようすを見物している。

デュアンの説明を聞いて、アニエスはゆっくり何度もうなずいた。

「それでわかったわ。この森に入ってから、いやにモンスターに会うと思ったのよ。そう、そうだったの……。わたしったら、ヒュドラーをやっつけたんだとばかり思ってたわ」

と、恥《は》ずかしそうに言う。

「で、でも、それでもたいしたもんだよ。ほら、冒険者《ぼうけんしゃ》カード、見てごらんよ」

デュアンがあわてて言うと、

「え？」

アニエスは冒険者カードを見てみた。

「あ、あらぁ！」

「ね？　レベルアップしてるだろ？」

「ほんとー！　えっと……その前が四百七十だったから、ちょうど五十なのね。ヒュドラーの経験値って」

「なんだい。あれもおんなじ五十か。しけてやがる」

オルバが口を挟《はさ》んだ。

アニエスが不思議《ふしぎ》そうな顔でオルバを見た。

「ああ、彼、昨日《きのう》サイクロプスを倒したんだよ。……えーっとつまり、『サイクロプスもどき』をね。そのときも五十だったんだ、たしか」

デュアンは説明しながら、自分だけ何の経験値も稼《かせ》いでいないことに気づいた。

けっこう一緒《いっしょ》に戦ってるような気がしていただけにショックだった。

そういえば、アニエスって同《おな》い年《どし》なのにレベル四なんだよな……。

デュアンは、胸にぶらさげた袋《ふくろ》に入っている、レベル二と書かれた自分の冒険者カードのことを思い出した。

ま、いいか。

この調子でがんばれば、少しは何とかなるさ。

これまでに比べれば雲泥《うんでい》の差《さ》だもんな。

これからいくらだってチャンスはあるんだ。

デュアンが我と我が身をなぐさめ、励《はげ》ましていると、

「危ない！」

オルバが叫んだのが早いか、クノックがアニエスを突き飛ばしたのが早いか……。

「ギャッギャッ！　危険、危険！　ギイーッス！」

チェックが羽を広げ、騒《さわ》ぎたてる。

オルバは、

「伏《ふ》せとけ！」

と、言い残すと、森のどこかに行ってしまった。

「んもー。何なの!?　さっきから。何度ひっくり返ったらいいわけ？」

アニエスが文句《もんく》を言うのも無理《むり》はない。

これで尻餅《しりもち》をつくのは三度目だ。

しばらくして、オルバが「だめだ。逃げられた」と言いながら戻《もど》ってきた。

「何だっていうの!?」

アニエスが文句の続きを言おうとしたが、その鼻先《はなさき》にオルバが指をつきつけた。

「おい。よーく、この矢を見ろ！」

と、今度は、アニエスがさっき立っていた付近の木に刺《さ》さっている矢を指さす。

その矢を見て、彼女はハッと息をのんだ。

少し青光《あおびか》りした金属が使われている。あれは、フィアナ国特産《とくさん》のドルド。

刺客《しかく》は、母国の人間に違いない。

「やっぱりな。心当たりがあるんだろ。どうもさっきから誰《だれ》かにつけられてるような気がしてたんだ。

おっと、危ないから矢には触《さわ》るんじゃないぞ。もしかしたら毒《どく》が塗《ぬ》られているかもしれない。

おーけー、じゃあ話してくれ。パーティのリーダーとして命令する。誰なんだい、あいつは。どうして、おまえさん、こんな物騒《ぶっそう》なもんを射《い》られたりするんだ。ちゃんとわかるように説明してくれ。それが嫌《いや》なら、ここでバイバイだ」

オルバにこう言われ、アニエスは何か言い返そうと口を開いたが、静かにため息をつき、首をうなだれた。

「わかったわ。でも、ちょっと長くなるわよ」

「いいさ。ちょうど朝飯時《あさめしどき》だ。休憩《きゅうけい》がてら、聞いてやるぜ」

オルバはそう言い、何とも人なつっこい笑顔で笑った。言葉とは裏腹《うらはら》に、この場の状況《じょうきょう》を楽しんでいるようだった。

アニエスもすっかりあきらめたらしく、かすかに笑い返した。

3

アニエスがデュアンたちに彼女なりの説明をしている間に、少しくわしく彼女の生《お》い立《た》ちに触《ふ》れてみたい。彼女自身が知らないことも含《ふく》めて。

彼女の父と母が出会ったあたりのことから話そう。

時は、十七年と少し前に遡《さかのぼ》る。

アニエスの父はフィアナという国の国王、パレア四世である。

つまり、彼女は王女というわけだ。

フィアナは、フロル国とポンゾ国の境《さかい》にある小国。

フロル国とはデュアンの故郷《こきょう》であり、そのフロルと延々《えんえん》戦争をし続けているのがポンゾ国だったことを思い出してほしい。

フィアナは、セリナ川という豊かな水量に恵まれた川の沿岸《えんがん》に栄えた国で、フロルとポンゾの中間地点にあるという地の利もあり、古くから貿易《ぼうえき》の盛んな国だった。

Map
ポンゾ

フロル
フィア

また、美しい河岸《かし》の風景は詩にもよく詠《うた》われ、昔《むかし》は新婚旅行のメッカといわれるほどの観光の名所だった。

ただ、隣国同士《りんごくどうし》の戦争が日増しに悪化していったこともあり、さすがに今では観光客の数もめっきり減っている。立ち並んでいたホテルやみやげ物屋もさびれていく一方だ。

しかし、フロルもポンゾもフィアナには不可侵《ふかしん》条約を結んでおり、フィアナも中立の立場を崩《くず》していないため、国民の生活は今のところ平和だった。

では、その十七年と少し前のこと。

当時、フィアナの若き国王パレア四世には、大いなる悩《なや》みがあった。

十年も前に結婚した正室《せいしつ》のラミュアはますます美しく艶《つや》やかだったし、二人の間に生まれた女二人男一人の子供もやはり美しく賢《かしこ》く、まさに非のつけどころのない家庭に恵まれていた。

また、家臣《かしん》たちも長年仕えてきた王思いの者ばかりで、彼らの誰《だれ》も、パレア四世を裏切《うらぎ》ろうなどとはカケラも思っていない。謀反《むほん》を起こす野心《やしん》など、たとえ悪魔《あくま》にそそのかされようと持つはずもない。

恵まれた環境で育ち、何の悩《なや》みもなく、ここまできたのだが……。

何に対しても意欲というものが全《まった》くわかないのだ。悲しみも苦しみも、喜びや楽しみも、適度《てきど》にしか感じられない。

妻《つま》を見ても、さほどの愛情を感じるわけでもなし。さりとて、嫌《きら》いというわけでもなし。

子供に対しても似たようなもので。

御歳《おんとし》三十二歳という血気《けっき》盛《さか》んな年頃《としごろ》であるのに、何とも覇気《はき》のない……まるで庭の老木のような自分。

これでは、死んでるも同じ。このままでは、自分は死んだまままもう一度死ぬようなものだ。

しかし、焦《あせ》りだけが空回《からまわ》りし、ぬるま湯のような日々は王の気持ちとは裏腹《うらはら》に平和そのものにルーティンワークを繰《く》り返すのみだった。

そんな時、彼らは出会ったのだ。

それは、パレア四世が狩《か》りに出かけたさい、突然《とつぜん》の嵐《あらし》に見舞《みま》われ、森の中でたったひとり、立《た》ち往生《おうじょう》してしまった時のことだった。

落雷《らくらい》に驚《おどろ》いた馬はパレア四世を見捨ててどこかに逃げていった。雨はますます強さを増し、ほんの一メートル先さえ見えないほどだ。

頭の先から足の爪先《つまさき》まで全身ぐっしょり濡《ぬ》れたパレア四世は、木の下で震《ふる》えていた。

すぐ近くの空で閃光《せんこう》が走ったと思ったら、続けざまに地を揺《ゆ》るがす轟音《ごうおん》がした。

この木も危ない……。

そう思っても、どこか他《ほか》に安全な場所があるわけでもない。

どうにも困り果《は》てていた時、遠くからぼんやりと明るいものが近づいてきているのが見えた。

目を凝《こ》らして見る。

なんと不思議《ふしぎ》なことだろう!

それは炎《ほのお》なのだ。しかも、人ひとりを明るい炎が包みこんでいて、その人間の歩調にあわせ、ふわふわと移動しているではないか。

激《はげ》しい雨も、その炎の近くは白い蒸気《じょうき》になって、降ったはしから蒸発していた。

そこだけは激しい雨風も雷《かみなり》も関係なく、まるで夢のようだった。

あまりの不思議さに、パレア四世は声をかけるのも忘れ、ただ見とれて立っていたが、そのうち炎に包まれた人間も彼に気がついた。

そして、その人物は雨に濡《ぬ》れた彼の姿を見て少し考えた後、ゆっくりと片手をあげた。

パレア四世はふんわりと暖かなものが頬《ほお》にふれたのがわかった。と、同時に、なんとも居《い》心地《ごこち》のいい暖かな空気が全身を包みこんでいった。雨に打たれ、全身感覚がなくなるほど冷たかった体に、みるみる生気《せいき》が戻《もど》っていくのがわかる。

次に目を開けた時、自分が炎《ほのお》の中にいることに気づいた。

炎は内側から見ると、ほんのりと黄みがかった発光色なだけで、とても熱い炎とは思えない。

思わず手を伸《の》ばしたパレア四世だったが、その手を炎の中の主《ぬし》がつかんだ。

はっと振り返る。

息さえ感じるほど近くに、赤い目をした美しい女性がいた。彼女はパレア四世に見つめられ、戸惑《とまど》い、目を伏《ふ》せた。

パレア四世はというと、さっきの雷《かみなり》にうたれでもしたかのようなショックを受けていた。

女の名はルビス。燃えるような赤い瞳《ひとみ》と艶《つや》やかな髪《かみ》が印象的で。その時、パレア四世より十歳年下の、二十二歳だった。

ほんの少しだけエルフの血を受け継《つ》いでいた彼女は、生まれながらの精霊使い《エレメンタラー》だった。その才能に気づいた両親は、彼女を冒険者《ぼうけんしゃ》にするべく数々の教育をした。

両親とも冒険者で、子供全員冒険者にするのが夢だったからだ。実際、ルビスの姉や兄たちもファイターになっていた。

精霊使いの数は非常に少ない。きっと重宝《ちょうほう》がられるだろうと両親は期待した。

だが、ルビスには戦いの才能がなかったらしい。火の精霊《せいれい》たちを操《あやつ》る精霊使いにしては、あまりに平和主義者で、結局冒険者としてどこかのパーティに加わっても、すぐに役立たずの烙印《らくいん》を押されてしまった。

冒険者としての才能に行き詰まりを感じていた……ちょうどその頃《ころ》、パレア四世に出会ったというわけだ。

＊

そして、一年。

パレア四世に無理矢理《むりやり》城へ連《つ》れていかれたルビスだったが、知らず知らずのうち、彼女もまたパレア四世を深く愛するようになっていた。

やがて、かわいらしい女の赤ん坊を授かった。アニエスである。

正室《せいしつ》のラミュアとの間に生まれた子供たちに対してはそれほど感激《かんげき》もなかったパレア四世だったが、ルビスそっくりのアニエスはかわいくてかわいくてしかたなかった。

暇《ひま》があれば、ルビスとアニエスのいる離れに訪れ、時には一日中一緒《いっしょ》に過ごした。こうなると、あの……何にも覇気《はき》のなかった日々がウソのようで。国のまつりごとにも熱心に参加するようになった。

当然のことながら、家臣《かしん》たちも国民も喜び、人が変わったようになったパレア四世を……

そして、そのきっかけになったルビスを称《たた》えた。

実際、人々を見下《みくだ》したような冷たい美貌《びぼう》のラミュアより、いつも優《やさ》しい笑顔で人々に接するルビスのほうが人気も高かった。

中には、正室《せいしつ》のラミュアより、側室《そくしつ》のルビスのほうが女王にふさわしいなどと声高《こわだか》に言うものさえ出てきた。

この事態、ラミュアにとって面白《おもしろ》いはずがない。

日々、ルビスへの憎《にく》しみをつのらせていったが、女王のプライドにかけ、じっと耐《た》えてきた。自分の子供たちの成長だけを心の支えにして。

しかし、とうとう……アニエスの十六の誕生日に悲劇《ひげき》は起こった。

4

フィアナ国では、男は十八、女は十六で成人式を行う。

パレア四世の愛娘《まなむすめ》、アニエスの成人式は、それはそれは盛大《せいだい》に執《と》り行われた。遠方からも王族、豪族《ごうぞく》などの面々《めんめん》が詰めかけ、アニエスの成人を祝った。

七人の乙女《おとめ》たちが織った薄絹《うすぎぬ》の衣装に、遠い国から取り寄せた白金の細工《さいく》をほどこした髪《かみ》飾《かざ》り……。人々は、それらの素晴《すば》らしい品々にも感嘆《かんたん》の声をあげたが、アニエスの透明感《とうめいかん》の

ある美しさに、あらためて溜息《ためいき》をついた。

母譲《ゆず》りの見事《みごと》な緋《ひ》色《いろ》の髪《かみ》や陶磁《とうじ》のような肌理《きめ》の細かい肌《はだ》、そして、森の動物のように軽やかな身のこなし。機知《きち》に富《と》んだ、生き生きとした瞳《ひとみ》。

「これでは、パレア四世も王位を譲《ゆず》りたくなって当然ですな！」

招かれていた博士《はかせ》のひとりが、お世辞《せじ》で言った。

正室《せいしつ》の子供たちの手前、さすがに一瞬《いっしゅん》気まずい空気が流れた。しかし、誰《だれ》も、それは単《たん》なる冗談《じょうだん》だろうと大声で笑いあい、その場をとりつくろったのだが。

そのようすを微笑《ほほえ》みながら見ていたパレア王が、

「そうですな。これからは男も女も等しく王位《おうい》につくチャンスがあってよいと考えます。極《きょく》論《ろん》を言えば、血のつながりにこだわる必要もない。能力のある者が人の上に立つべきでしょう。それが国民にとって、もっとも好《この》ましい結果を生むのですから」

と、まるで一般論を語るように静かに意見を言った。

この一言が悲劇《ひげき》の、直接の引き金になったのである。

七日間続いた祝宴《しゅくえん》に、くたびれてしまったアニエス。その朝は少々寝坊《ねぼう》していると、雪《ゆき》豹《ひょう》のクノックが彼女の寝間着《ねまき》を引っ張り、無理矢理《むりやり》に起こした。

「……もうちょっと寝かせてちょうだい。眠《ねむ》いんだもの」

もう一度、寝心地のいい羽根布団《はねぶとん》の中に沈んでいこうとしたアニエスを、今度は布団ごと引っ張り下ろした。

「きゃあ！　んもう！　クノック、どうしちゃったの？　いったい」

ようやく眠気が覚め、クノックの顔を見た彼女は、何かただならない雰囲気《ふんいき》を感じた。

寝間着の上にローブをひっかけ、あわてて部屋を出る。

廊下《ろうか》には、足早に行き来する侍女《じじょ》たちがいた。なぜか彼女たちはアニエスの顔を見るなりハッと顔をこわばらせ、次の瞬間《しゅんかん》には顔を伏《ふ》せてその場を立ち去ろうとした。

「ちょ、ちょっと！　マヌエラ、どうかしたの？　何かあったの？」

親《した》しい侍女の腕《うで》をつかみ、問いただすが、

「わ、わたくしは何も……」

と、言葉を濁《にご》し、アニエスの顔をまともに見ようともしない。

悪い予感《よかん》。……とてつもなく悪い予感！

アニエスは早鐘《はやがね》のように鳴る心臓をこめかみに感じながら、侍女の手を離した。彼女ではらちがあかない。

おかあさまに……そうだ、おかあさまに聞こう。

考えないようにしていたが、アニエスはある予感があった。それは、父、パレア四世の身に何かあったのではないかということだ。

理由はない。ただ、何となく予感があっただけだ。

しかし、その予感は外《はず》れていた。

何かあったのは、父の身に……ではなく、母ルビスの身に……であった。

ルビスの部屋の回りには、たくさんの人たちが心配そうに立ちつくしていた。許しを得て部屋の中に入ると、父パレア四世がたったひとりでいた。彼は、いつも母が座っていた椅子《いす》に座りこんでいたが、ゆっくりとアニエスを振り返った。

「おとうさま、どうかされたんですか？　おかあさまは？」

そう聞くアニエスに、パレア四世は黙《だま》って傍《かたわ》らの鳥かごを指さした。

鳥のかわりに花を飾《かざ》るために置いてある鳥かご。……しかし、今見ると、そこには燃えるように赤い羽根の鳥が一羽、悲しそうな目でアニエスを見つめていた。

「どうしたんですか？　この鳥……。これと、おかあさまと、どういう関係があるんです!?」

いったい父が何を言いたいのか、さっぱりわからないアニエスは、黙りこくった父の手を強く揺《ゆ》すった。

「わたしも自分の目で見たのでなければ、とても信じられないのだが……。いや、自分の目だけでも信じられないだろう。だが、他《ほか》に何人も証人がいるんだ。……アニエス、この鳥はおまえの母君《ははぎみ》、ルビスなのだよ」

アニエスは父の言っている意味がわからなかった。

それもそのはずだ。人間が鳥に変えられてしまったなど、どうして信じられよう。しかも、誰《だれ》でもない、自分の母親が！

あまりのことにどう反応《はんのう》していいかもわからず、黙って立《た》ち尽《つ》くしたままのアニエスに、パレア四世は話してきかせた。

「夕《ゆう》べのことだ。ここ母君の部屋で、ギリス王子や彼の友達と軽い酒を飲んでいた時。そのバルコニーの扉《とびら》が風で開いたのだ」

そう言った時、白い唐草模《からくさも》様《よう》で縁取《ふちど》られた扉がやはり風にあおられ、パタンと音をたてて開いた。

「そこに、背の低い若い女がふたり、立っていた。ひとりはピンク色の巻き毛、もうひとりは紫《むらさきいろ》色の巻き毛で。ふたりとも何とも言えない匂《にお》いをふんぷんとさせていた。ビラビラと悪趣味《あくしゅみ》なフリルだらけの服を着ていてね。わたしが『誰《だれ》だ？』と尋《たず》ねたら、彼女たちは大声で笑いながら答えた。『双子《ふたご》の魔女《まじょ》、オグマとサムラですわ』とね」

アニエスはハッと息を呑《の》んだ。

「双子《ふたご》の魔女《まじょ》、オグマとサムラ」というのは聞いたことがある。たしか、何かの本で読んだはずだ……。

パレア四世の話は続いた。

オグマとサムラはひとしきり笑い転《ころ》げた後、踊《おど》るような足どりで部屋に入ってきた。

パレア四世もルビスも、そして他《ほか》の人達も、彼女たちのあまりの奇怪《きかい》さに呆気《あっけ》にとられ、黙《だま》って目を見張《みは》っていたという。

「あぁーら、あんたが国王のパレア四世？　へぇー、けっこういい男。国王っていうから、もっとおじいちゃんかと思ったわ」

紫《むらさき》に染《そ》めた長い爪《つめ》でパレア四世の顔をなぞりながら、オグマが言った。

「オグマ姉さま、この方《かた》って素敵《すてき》じゃない？」

ギリス王子の後ろにまわりこんだサムラがうれしそうに言う。

「汚《けが》らわしい！　触《さわ》るな」

ギリス王子が大声をあげ、サムラの手を勢いよく払《はら》った。

この一言で、完全に頭にきたサムラ。

「キィ――――！　なんて、なんて、なぁ――んてこと⁉　ね、ね、ね、聞いた？　オグマ姉さま。いったい何様《なにさま》のつもりなんでしょうね。このアンポンタン王子！」

「ア、アンポンタン……!?」

ギリス王子も短気なことにかけては、このサムラに負けてはいない。人一倍プライドが高いことでも有名だ。

次の瞬間《しゅんかん》、

「誰《だれ》か、誰か剣《けん》を持て！　ここに邪悪《じゃあく》な魔女どもがいるぞ」

と、大騒《おおさわ》ぎ。

「んまぁ――、邪悪ですって!?　ふん、その通りよ。あんたらみたいな偽善者《ぎぜんしゃ》どもの集まりには反吐《へど》が出る。なぁーにが王子よ、王様よ。あんたら、みんな貧乏人《びんぼうにん》から金《かね》吸い上げて威張《いば》りくさってるだけじゃないよ」

いよいよ怒《いか》り狂《くる》ったサムラが、フリルの豪勢《ごうせい》についたスカートをたくしあげ、啖呵《たんか》を切り始めた。

そのサムラに、

「まーったく。相手にすんじゃないよ。そんなハナタレ坊《ぼう》や。それより、さっさと仕事を済《す》ましちまおう。邪魔《じゃま》が入る前に」

オグマがこう言うと、ただただ呆然《ぼうぜん》とことの成りゆきを見守っていたルビスを指さした。

と、突然《とつぜん》、彼女の体がふぅーっと空中に浮かび上がった。

「ルビス！ ルビス！」

あわてたパレア四世がかけより、ルビスの体を引き戻《もど》そうとしたが、どんどん高く昇《のぼ》っていくだけ。もう、手も届かなくなってしまい、彼女の体は天井《てんじょう》近くまで引き上げられていった。

金縛《かなしば》りにかかっているらしく、もがくことすらできないようすだった。

「やめろ、やめろ！ 何をするつもりだ。この魔女《まじょ》どもめ」

半狂乱《はんきょうらん》になったパレア四世はオグマの襟首《えりくび》をつかんで叫んだ。だが、

「きゃ——っはっはっはは。素敵《すてき》、素敵よー。もっと強く絞《し》めてぇー！」

オグマは、パレア四世に首を絞められているのをむしろ喜んでいるようだった。

「やぁーだ。悪趣味《あくしゅみ》よ、オグマ姉さま。それより、ほら、早いとこやっちゃわないと。この女、火の使い手だっていうじゃない？」

サムラから言われ、オグマはハッと真顔《まがお》になった。

「そうだったね。あたしとしたことが……。ふふふ、じゃ、もう余興《よきょう》はこれくらいにして。ルアリ、シゴチ、イルア、リシイ、サヤル、アリシ、クルミ……」

うってかわって何とも不気味《ぶきみ》なしゃがれ声で呪文《じゅもん》をつぶやき、両手を大きく上にかざし、空中に浮き上がったままのルビスめがけて銀色の粉を投げつけた。

「きゃあ――、あ、あなたあー！」

ルビスの人間としての言葉は、これが最後だった。

いきなり天井近くから落下したルビス。パレア四世がすぐ下で抱きとめようとしたが、落ちてきたのは薄紅《うすべに》の衣装だけだった。

その衣装の中からバタバタと羽ばたきながら、赤い鳥が出てきた。鳥は、悲しげな声で鳴きながら部屋の中を飛び回った。

「きゃーっはっはっはは、大成功！　さっすがオグマ姉さまね」

サムラが歓声《かんせい》をあげると、

「ふっふふ。まあ、こんなの、ちょろいもんよ。さあさ、早いとこ退散《たいさん》しましょ」

オグマは笑いながら長いスカートをたくしあげ、バルコニーへと戻《もど》っていった。サムラもその後に続く。

「ま、待て！　ルビスを元に戻せ！」

やっと事態《じたい》を飲みこめたパレア四世がオグマたちに詰め寄り、サムラの腕《うで》をつかんだが、つかんだと思ったのは腕ではなく……バルコニーの窓枠《まどわく》だった。

いつのまにか魔女《まじょ》たちの姿はかき消え、バルコニーに出たパレア四世が見たのは、黒く渦巻《うずま》く雲。あの不気味《ぶきみ》な笑い声だけがかすかに木霊《こだま》していた。

5

その後、魔女の呪《のろ》いを解《と》くため、パレア四世はありとあらゆる手を尽《つ》くした。

まずは魔女を捜《さが》すのが先決と、祈禱師《きとうし》を呼び占《うらな》わせた。

そして、占いで出た場所に冒険者《ぼうけんしゃ》たちを向かわせた。

だが、なぜか冒険者たちはひとりも帰ってこなかった。

最後に、王自ら捜しに行くといって、供《とも》の家来《けらい》を引き連《つ》れ出かけようとしたが、家臣《かしん》たちの猛反対《もうはんたい》を受け、断念《だんねん》。しかし、それを機に、重い病《やまい》にかかり寝《ね》こんでしまった。

あれだけ幸せに満ち足りていた、アニエスの暮《く》らしが一変した。

父の看病《かんびょう》をしようにも、正室《せいしつ》のラミュアがアニエスを一切《いっさい》近づけようとしない。

そのうえ、ラミュアは魔女の捜索《そうさく》さえ打ち切ってしまった。

アニエスの部屋も北側の暗《くら》く狭《せま》い部屋に変えられ、世話をする侍女《じじょ》もぐんと減らされた。

しかも、「万一、逃げ出しては大変でしょう」と親切そうに言って、泣いてすがるアニエスを後目《しりめ》に、ラミュアは鳥の姿になったルビスの羽を切ってしまった。

その時のラミュアの横顔を見て、アニエスは、どれだけ自分と母親が憎《にく》まれていたのかを知った。

なぜか、王妃《おうひ》は魔女の事件が起こって以来、豊かな栗色《くりいろ》の髪《かみ》にも白髪《しらが》の束《たば》が混《ま》じるようになったし、白い額《ひたい》にもうっすらとしわが刻《きざ》まれるようになり、いきなり老《ふ》けこんだように見えた。

元々《もともと》、四十歳をとうに超《こ》えたふうにはとても見えない、若々しく美しい王妃だったが、その美しさにも少し翳《かげ》りが見えるようになった。

家臣《かしん》たちは、それだけ王妃もルビスのことを心配されているのだろう、なんと心優《やさ》しいことか、と噂《うわさ》したものだが……こうして近場《ちかば》で見ると、どこか背筋《せすじ》がゾクゾクとなる殺気《さっき》だった顔だった。

わたしたちのことを心配しているだなんて、とっても思えない！

ぼやぼやしていると、このままふたりともどうにかされてしまいそうだ。

変わり果《は》てた母の姿を見て、彼女は決心した。

魔女《まじょ》をやっつけて、おかあさまを元の姿に戻《もど》そう。

おかあさまが元の姿になったら、きっとおとうさまも元気になってくださるにちがいない！

この全《すべ》ての呪《のろ》いを、自分が解《と》いてみせる！

小さな頃《ころ》から正義感だけはとんでもなく強く、見かけとは裏腹《うらはら》に短気で、即決即実行《そっけつそくじっこう》！のアニエス。そうと決めたが最後、すぐにも出発することにした。

もちろん、真っ正直にそのことを言って出かければ反対され、もしかしたらラミュアに閉《と》じこめられてしまうかもしれない。ここは、こっそり行くしかない。

心を許した侍女《じじょ》たちにだけ打ち明け、出発することにした。

最初、鳥に変わった母も一緒《いっしょ》に……と、思ったアニエスだったが、もしや先に出発した冒《ぼう》険者《けんしゃ》たちが呪いを解くために戻ってくるかもしれない。

「ルビスさまのことは、わたくしたちが命に代えてもお守りいたします」

侍女たちにそう言われ、アニエスは身を切られるような思いをしながら、雪豹《ゆきひょう》のクノック
をボディガードにして、ある早朝、たったひとり城を後にしたのだった。

「おかあさま。一刻《いっこく》も早く元の姿にもどしてさしあげるから。安心してね！」

反対しようにも、何も言えず何もできないルビスは、ただ悲痛《ひつう》な声をあげ、短くなってし
まった赤い羽根を羽ばたかせるしかなかった。もちろん、彼女の気持ちは、アニエスにも充《じゅう》
分《ぶん》通じたが、だからといってやめるわけにはいかない。

「ごめんなさい。おかあさま」

泣きそうになるのをぐっとこらえ、出ていったアニエス。

その後ろ姿をルビスは籠《かご》の中からじっと見送っていた。

「姫《ひめ》さまぁー」

泣きながら見送る侍女たち。

しかし、彼女たちだけではなかった。出窓を細く開け、王の正室《せいしつ》、ラミュアもまたアニエ
スの後ろ姿を見送っていたのだ。

その目は満足気に細められ、口元には静かな微笑《ほほえ》みがたたえられていた。

そして、ラミュアは部屋の隅《すみ》に控えていた男に言った。

「くれぐれも、派手《はで》なことはしないでおくれ。いいかい。事故《じこ》か何かに見せかけるように」

男は胸に手をあて頭を下げると、影《かげ》のように部屋を出ていった。

言うまでもない。この男こそ、あの暗殺者《アサッシン》だった。

STAGE　4

1

「じゃ、あいつ……その王妃《おうひ》が雇《やと》ったんじゃねーかっていうのか？」

オルバが聞くと、アニエスは沈痛《ちんつう》な面《おも》もちでうなずいた。

「証拠《しょうこ》はないんだけど……たぶん。あの矢、フィアナで作られた物らしいし。ううん、絶対そうだと思う。わたしが城を出たっていうのは、すぐ王妃も知ったでしょうしね。

そうなったら、きっと追いかけてくるに決まってるもの。あの人、わたしが邪魔《じゃま》でしかたないみたいだったし。

でも……人目に立たないようにって気をつけていたのになぁ。ほら、こんなに地味《じみ》な服着てさぁ！」

と、自分の着ているマントを広げてみせるアニエスだが、オルバもデュアンも軽く苦笑するだけだった。いくら服が地味でも、本人がこれだけ目立てば意味がない。

しかし、アニエスは彼らのリアクションなどおかまいなく、

「うっわぁー、ずっと後をつけてきたのね。ぜんぜん、わかんなかった！　クノックは気づいてた？」

と、ひとりで盛《も》り上がり、雪豹《ゆきひょう》を振り返った。しかし、クノックは静かに自分の手をなめ毛繕《けづくろ》いをしているだけ。

「だけどさ。それじゃ、ちょっとおかしいんじゃない？　その暗殺者《アサッシン》、そんな長い間君を追っかけ回してるっていうの？　だとしたら、そうとう腕《うで》の悪い奴《やつ》なんだな。だって、君……レベル四だろ？　っていうことは……冒険者《ぼうけんしゃ》になってけっこう経《た》ってるってことで。まさか、君、お城にいた頃《ころ》すでに冒険者だったわけじゃないだろうし」

デュアンが首をひねると、

「そうよ。わたし、オグマとサムラのことを調べて回る間に、冒険者としての修行《しゅぎょう》も積んだの。魔女《まじょ》を相手にするんだもの。それ相応《そうおう》の力を身につけておかなくっちゃね。でも、冒険者になったのって……そんなに昔《むかし》じゃないよ」

アニエスはにっこり笑って答えた。

「じゃ、いつなの？」

「そうね……二ヶ月くらい前かな」

「げっ！」

デュアンは思わず膝《ひざ》をついてしまった。

「う、うそ……」

「ほんとよ。ほら」

と言って、アニエスが見せてくれたパスケース。

冗談《じょうだん》だろお？　おい。

たしかに、冒険者カードの発行日は七月二日。今日……たしか九月十日……いや十一日だから、ほんとだ。二ヶ月しか経ってない！

たった二ヶ月で、どうしてレベル四になんてなれるんだ!?

デュアンが頭を抱《かか》えこんだのを見て、アニエスが笑った。

「そんなにショック受けないでよ。あのね。わたしって、なぜかファイアーの呪文《じゅもん》だけはすっごく高いレベルのを使えるの」

「ああ、それはぼくも見たから知ってるけど」

「でしょ？　それってきっとわたしの母が火《ひ》の精《せい》を使う精霊使《エレメンタラー》いだっていうのと関係あると思うのよね。魔法屋《まほうや》の先生もそう仰《おつしや》ってたもの」

「そうか。それで、いきなりレベルの高いモンスターもやっつけられたってわけか」

今度はオルバが聞くと、アニエスは大きくうなずいた。

「そうなの！　だって、最初にやっつけたのって、バジリスクだもの」

「げ——！」

デュアンの頭は、あまりのショックにクラクラしはじめた。

バジリスクっていやぁ、ばっちり上級のモンスターだろ？　経験値だって……。

「たしか……一体で経験値、三百くらいはあったな」

オルバも驚《おどろ》いたように顎《あご》をなでさすった。

「じゃ、それ一頭で……レベルアップじゃないかぁ！　それも、三まで一気《いっき》だ！」

デュアンが叫ぶ。

そして、にこにこ笑ったままのアニエスを見て、また頭を抱《かか》えた。

「詐欺《さぎ》だぁ——！　んなの、詐欺じゃんかぁ——!!」

「まぁまぁ、その話はちょっと置いとこうや。それより奴《やつ》のほう、どうする？」

オルバはそう聞くと、腕組《うでぐ》みをしてアニエスを見下ろした。奴というのは、言うまでもなく例の暗殺者《アサッシン》のことだ。

彼女はしばらく考えていたが……、意を決して顔を上げた。

「いいわ。ほっときましょ。それより魔女《まじょ》の館《やかた》に急ぎましょうよ。この地図からいくと、もう目と鼻《はな》の先でしょ？　ねぇ、わたしの荷物《にもつ》は？」

「ああ、これ」

デュアンが例の大きなトランクを指さすと、

「あ、ごめんなさいね」

と、アニエスは自分で持った。

そのようすを見ていたオルバは、

「よし、決まった。ま、こいつがいればあんたの命はたいがい大丈夫《だいじょうぶ》そうだしな」

と、クノックの頭をなでようとした。しかし、彼の指がクノックの頭に触《ふ》れたか触れないか……「がるるる……」と、低く唸《うな》られてしまった。

「ちぇ、仲良くしようぜぇー。一応《いちおう》、しばらくは仲間なんだからよお」

するとクノックではなくチェックがうれしそうにオルバの長い髪《かみ》を引っ張った。

「ぎぃーっす！　な、なあーかま、な！」

「ってててて……、やめれって。ったく」

でかい図体《ずうたい》をして、チェック相手にあーだこーだと騒《さわ》いでいるオルバを見て、デュアンはおかしくってしかたなかった。

アニエスが王女だっていうのにも驚いたし、その数奇《すうき》な運命にも驚いた。いやいや、冒険《ぼうけん》者《しゃ》になってまだ二ヶ月ぐらいだっていうのに、もうレベル四だっていうのにも舌《した》をまいた。

TWO MONTHS!?

でも、最初の印象《いんしょう》よりずっといい子みたいだしな。

オルバだって、けっこういい奴《やつ》だし。

ちょっと変てこなパーティだけど、だんぜん面白《おもしろ》いクエストになりそうだ！

「おぉ——い！　デュアン。どうした？　ぼやぼやしてっと、迷《まよ》っちまうぞ」

オルバの大声が森に響いた。

魔女《まじょ》の森は昼なお暗《くら》く。苔《こけ》むした岩がゴロゴロとして歩きにくい。濃《こ》い緑がうっそうとして、気温が高くなってきたせいか草いきれがむんむんしてきた。

前を行くオルバやアニエスたちの影《かげ》が陽炎《かげろう》のように、葉陰《はかげ》の中、見えたり隠《かく》れたりしている。

たしかにボヤボヤしていると、また迷子《まいご》になってしまいそうだ。

「こら、デュアン！　聞こえてんのかよ？」

オルバの怒鳴《どな》り声が、再《ふたた》び森に響き渡《わた》る。この男、そっけなく見えて、けっこう面倒見《めんどうみ》がいいのだ。

「へいへい。わかりましたよ、親方《おやかた》」

「何か言ったか？」

「ううん。ちょっと待ってよ、今行くから！」

その時、デュアンのはるか頭上を、緑の尾羽《おば》をした鳥が一羽、鋭《するど》い声を発しながら飛び去っていった。

もう太陽は真上《まうえ》にある。

2

「これかあ!」

オルバはそう言うと、うれしそうに顎《あご》のあたりをなでまわした。

デュアンもアニエスも目を開くだけ開いて、あたりを見回していた。

詮索好《せんさくず》きのチェックは先に行って、「家だ、家だ! まじょーの家ぇー!」と、騒《さわ》ぎまくっていたが、

「チェック! 静かにしろ」

と、デュアンに言われ、キョトキョトしながら戻《もど》ってきた。

その館《やかた》は……まさしく緑の館というべき状態だった。

なにしろ、どっしりした石造りの三階建ての建物の……壁《かべ》、窓、柱、屋根、庭、石畳《いしだたみ》……その全《すべ》てに緑がびっしりと生《お》い茂《しげ》っているのだ。

苔《こけ》のついた石と石の隙間《すきま》から草が生え、その草にまた蔓草《つるくさ》が絡《から》まり、その蔓草が壁を伝い、

鬱蒼《うっそう》と茂る木々にまで延《の》びている。これまた、その隙間には、不思議《ふしぎ》な色をしたキノコやシダ類が生え、それらの葉や傘《かさ》には無数の小さな虫たちが蠢《うごめ》いていた……と、こんな具合《ぐあい》。

昼御飯をすませた三人が「そろそろこの辺《へん》なんだが……」と森の中を小一時間ほど歩いていたら、いきなりこの場所に出てしまった、というわけだ。

「たまんねえ臭《にお》いだな」

まわりの草を払《はら》いながらゆっくりとようすを見ていたオルバが、鼻《はな》の上にシワを寄せた。

たしかに、ムンムンと迫《せま》ってくるような草いきれに混《ま》じって、何かが腐《くさ》ったような臭いがする。

「危険、危険！」

バサバサと羽ばたきして、チェックが騒ぎ始めた。

「どこ？」

アニエスが身構《みがま》える。

「なんだ？」

オルバが振り返る。

しかし、どこにも何の姿も見あたらない。

「チェック、何だよ。何がいるんだ？」

デュアンが聞くか聞かないか……。

「きゃあああぁぁあああ――――!!」

アニエスの鋭《するど》い叫び声があたり一面に響き渡《わた》った。

いきなりモンスターか!?

また、あの魔女《まじょ》の魔法《まほう》の……とんでもなくレベルの高そうな……普通滅多《ふつうめった》にお目にかかれないような伝説の魔物《まもの》!?

デュアンもオルバも剣《けん》に手をかけ色めきたったが、アニエスに襲《おそ》いかかろうとしていたのは、ちっぽけな……スライムの中でももっともレベルが低いといわれるグリーンスライムの団体だった。それも、四体だけ。

いやいや、正確に言うと。別に彼らはアニエスに襲いかかろうなどと大それたことを考えたわけではない。

秋の昼下がり。一家四人(匹?)で腹ごなしの散歩《さんぽ》をしていたところ、ちょうどその通り道に彼女の足があった……というのが正解だろう。

しかし、スライムのような軟体《なんたい》動物が大《だい》っ嫌《きら》いなアニエスの目には、彼らは凶悪《きょうあく》な……地《じ》獄《ごく》から這《は》い出てきたモンスターにしか映《うつ》らない。

ひとしきりキャアキャアと騒《さわ》いだ後。ギュッと目を閉じ手を組《と》んだかと思ったら、何やらブツブツ呪文《じゅもん》を唱《とな》え始めた。

それを見たオルバ、あわててアニエスを指さし、

「や、やめれって！　んな雑魚《ざこ》に魔力使うんじゃねえ！　また気絶《きぜつ》すんだろーが。おい、デュアン。やめさせろ！」

「え？　あ、ああ……」

急に言われ、一瞬《いっしゅん》何をどうすればいいか迷《まよ》ったデュアンだったが、すぐにオルバの意図《いと》をくみ、アニエスの後ろに回りこんだ。

「う、うぐ、むぐむぐぐ!!」

呪文をつぶやいていた口をふさがれ、アニエスは目をつり上げてジタバタともがいたが……。さすが、い

くらひ弱そうな体つきとはいえ、男の子。デュアンにきつく羽交《はが》い締《じ》めにされた腕《うで》を振りほどくことはできなかった。

「よーし。もう、いいだろ。離してやれ」

オルバに言われ、デュアンがようやく手をゆるめた。

と、同時に。彼の手をバシッと派手《はで》な音をさせて振《ふ》り払《はら》ったアニエス、なおも呪文《じゅもん》を唱《とな》えようとしたが、今度はオルバが彼女の細く白い手をひねりあげた。

「い、いったぁ——い！　は、離して」

今まではおとなしくことの成りゆきを見ていたクノックだったが、今度は見逃せないとばかりオルバに飛びかかろうとした。だが、

「冗談《じょうだん》じゃねぇーぜ!!」

と、頭ごなしに怒《ど》鳴《な》りつけられ。その勢いに押されたのか、首をうなだれて飛びかかるのを見合わせてしまった。

そのようすを横目に、

「ちょっと聞くがな。おめぇ、あいつらをやっつける程度のチョロッと適当《てきとう》な魔《ま》法《ほう》、使えるのか？」

と、オルバ。アニエスは、うっと言葉に詰まる。

「レベル一とか二とかさ、その程度のファイアーも使えるのかって聞いてんだよ。あんなすげーのじゃなくって。もし、使えるんなら何にも言わねぇ。弱い者苛《いじ》めすりゃあいいさ。無抵抗《ていこう》な、こっちに何の危害《きがい》も加えようとしてねえ、スライムの丸焼けでも作りゃーいい」

などとオルバが言ってる間に、身の危険を察《さっ》したのか、グリーンスライムたちはそそくさと逃げ出し、草の中に同化《どうか》していった。

大きく肩《かた》で息をつくアニエス。その肩をオルバはポンと叩《たた》き、

「いいな。あんたのファイアーの威力《いりょく》はよーくわかってる。でもな。その後、しばらく使いもんになんねーってこともわかってんだ。だぁら、俺《おれ》が許可出すまでは使うな。……ったく。後で背負《せお》って歩く身にもなれってんだ」

そう言うと、今度はデュアンの肩を抱き、小声で言った。

「この姫《ひめ》さん、よっぽど短気と見える。いいな。おめぇ、絶対魔法使わねーよう見張るんだぜ」

デュアンは小さくうなずき、横目でチラリとアニエスを見た。

彼女は憮然《ぶぜん》とした表情で、足下のキノコを蹴《け》っとばしていた。

「そうだよ。オルバの言う通りだ。あんなすごいファイアー、スライムなんかにはもったいなさすぎるよ」

彼女の気を引き立てようと、デュアンが明るく声をかけたが、アニエスはフンッと横を向いて言った。

「わかったわよ。わかったから、とっとと先に進みましょうよ。日が暮《く》れる前に、魔女《まじょ》たちをやっつけたいんだから」


これを聞いていた魔女たちは、声をそろえて歓声《かんせい》をあげた。

「ひゃっほ────!! やれるもんならやってちょうだいよ、お嬢《じょう》ちゃん」

「きゃっはっはっはっは、ほーんと、ほんと。ひっさびさじゃん? こんな楽しいの」

「ほら、サムラ。さっき作ってたの、行きなさいよ」

「あ、これぇ?」

サムラは手の中の二体の人形をニヤニヤ笑いながら撫《な》でさすっていたが、

「じゃ、お先に行かせていただくわ! ほぉーら、おまえたち。力を合わせて戦っといで」

ポンと放り投げた。

すると、どうだろう!

獅子《しし》の形をした木の人形と鷲《わし》の形をした木の人形の二つが、空中でクルクルとダンスでも踊《おど》っているように回り始めたではないか。

どんどん回転が速くなっていき、人形の形も判別できないほどの速さになり……そして、ふいに姿を消した。

「ひゃ――あっはっはっはっはっは!」

「きゃ――っはっはっはっはは! んもー、苦しぃ」

オグマとサムラは大喜び。腹を抱《かか》え、足を踏《ふ》み鳴らし、テーブルをどんどんと叩《たた》きながら笑い転《ころ》げた。

テーブルの上や下で寝《ね》ていた愛玩用《あいがんよう》のモンスターたちが飛び起き、踏まれないようピギャーピギャー! と、甲高《かんだか》い声をあげながら逃げまどう。その図は、さながら……暗《くら》い衣装部屋にネコとネズミとサルを十匹ずつ押しこみ、ついでに化粧箱《けしょうばこ》だの宝石箱《ほうせきばこ》だの、気が遠くなりそうに甘《あま》いケーキだのをぶちまけたような騒《さわ》ぎだった。

しかし、彼女たちは、ある重大な事柄《ことがら》についてぃて全《まった》く気づいていなかった。

その不気味《ぶきみ》なほど艶《つや》やかな肌《はだ》に、たった一本だけだが、細く長いシワがスルスルと伸《の》びていったのを。

3

「どう？　開きそう？」

デュアンが声をかける。

魔女《まじょ》の館《やかた》には立派《りっぱ》な門柱《もんちゅう》があり、広々としたエントランスには、これまた堂々《どうどう》としたドアがあった。

もちろん、その全《すべ》てが朽《く》ち果《は》て、よくわからない植物に覆《おお》われてはいたけれど。

その入り口のドアをガチャガチャやっていたオルバが、

「ダメだな……鍵《かぎ》がかかってるふうには見えねぇーんだが」

と、首を振った。

「きっと魔法《まほう》の鍵だよ。じゃ、他《ほか》の入り口を探そう。窓から入れるかもしれないし」

デュアンが言うと、オルバもうなずいた。

「ああ。じゃあ、二手《ふたて》に分かれようか。おまえは、その姫《ひめ》さんとそっちを見てくれ。おれはこっちの奥を見てみる」

「了解《りょうかい》！」

オルバに言われた通り、デュアンは入り口から左手を見てまわることにした。

「ねぇ、君もそっち見てくれよ」

窓枠《まどわく》を念入《ねんい》りに調べながら、アニエスに声をかける。

だが、彼女は両手を後ろに組み、ちらっと見ただけで答えた。

「だめっぽいわよ」

そのようすを見たデュアンが、

「あのねぇ。そんなに離れてちゃわかんないだろ？　もっとちゃんと調べてくれなきゃ」

と、文句《もんく》を言った時、アニエスの黒目がちな目が上を見たまま凍《こお》りついた。

「どうかした？」

彼女の視線は、玄関《げんかん》の上の屋根の、さらに上。

アニエスは、デュアンが傍《かたわ》らに来ると、その片腕《かたうで》をギュッとつかんだ。

「……今、何かが動いたみたい」

「あ、ほ……ほんとだ！」

ふっと屋根の端《はし》から、房《ふさ》のついた尻尾《しっぽ》のようなものが見えた。

デュアンも同じように視線を屋根の上に置いたまま、立ちすくむ。

「………!!」

また、サッと何か尻尾のようなものが屋根の上をよぎった。

獅子《しし》の尻尾《しっぽ》みたいだ……。

「危険！　危険！」

またチェックが叫び回る。

クノックも屋根の上を睨《にら》みながら低く唸《うな》り始めた。

「い、痛い！」

アニエスが力いっぱい腕《うで》をつかんだもんだから、思わずデュアンは顔をしかめた。

ヒョイと屋根の上から顔を出し、デュアンたちを見下ろす巨大な獣《けもの》。

首から上は、鷲《わし》。胴体《どうたい》は獅子……。

たしか、すんごく有名な魔獣《まじゅう》だ！

デュアンは子供の頃《ころ》に読んだ絵本を思い出した。

「あ、あれ……なんていったっけ？」

と、アニエスが震《ふる》える声で聞いた。

「な、なんだったっけか……えーっと……」

あまりに有名なモンスターなので、かえって度忘《どわす》れしてしまったようだ。デュアンも頭の中の辞書を何度も何度も引きまくるが、指がすべってうまくページがめくれない。

モンスターは左右に首を傾《かし》げ、デュアンたちをジロジロと見ていたが、やがてバサッと大きな音をたてて背中の羽を広げた。

分厚《ぶあつ》く、黒々とした羽は鷲の羽だ。

「えーとえーっと……なんだっけ、グ、グリ……えーっと」

デュアンが必死に思い出しながらつぶやくと、アニエスが叫んだ。

「わかった！　グリフォン！」

「そうだっ！　グリフォンだ！」

思わず手と手を握《にぎ》り合い、思い出したことを喜びあう二人。

しかし、そんなことをしている余裕《よゆう》など全《まった》くないことに気づき、手を握り合ったまま同時に叫んだ。

「オルバア――――!!」

「オルバ――――！」

伝説の魔獣グリフォンの目がキラリと光る。

甲高《かんだか》い鳴き声を発しながら、バサバサと大きな羽音をたて舞《ま》い降りてきた。

「オルバア――――!!」

「何やってんのよ、早くぅ――――！」

必死にアニエスをかばいながら、地面にしゃがみこんだデュアン。そのすぐ背後《はいご》に舞い降りてきたグリフォンの横っ腹めがけ、思いっきりクノックがジャンプした。

「ぎぇ！　ぐぇぇ！」

クノックの体当たりが効《き》いたようで、少しよろけた。

しかし、思わぬところからの攻撃に、グリフォンもそうとう頭にきたらしく、今度はクノックめがけて鋭《するど》い鉤爪《かぎづめ》のはえた前足を繰《く》り出してきた。

「ぎゃっ！　ぎゃっぎゃっ！」

「ガルルルル……」

白い雪豹《ゆきひょう》と黒っぽいグリフォンの戦いがしばらく続いた。

こうなると、手出しのしようがない。

「く、くそー。オルバ、どこ行っちゃったんだろ……!?」

ちょっとの間なのに、いくら必死に首を伸《の》ばして見ても、オルバの長身がカケラも見えない。館《やかた》の裏側《うらがわ》に行ってしまったようだ。

「んもー。クノックが死んじゃううー。……いいわ！　見てらっしゃい」

歯を食いしばって立ったアニエス。深々《ふかぶか》と深呼吸したかと思うと、手を組み、目を閉《と》じた。

い、いかん!!

それを見たデュアン。大慌《おおあわ》てで、彼女の腕《うで》を背後《はいご》から羽交《はが》い締《じ》めにし、片方の手で口もふさいだ。

「だめだよ！　魔法使《まほう》っちゃ！」

「むぅ、ううう―むぅ――むううう!!」

ジタバタもがくアニエス。

「オルバ、急げ。急げ！　オルバ」

その時、チェックが騒《さわ》がしく戻《もど》ってきた。デュアンたちがパニックしていた間に、オルバを呼びにいっていたのだ。

「あ、オルバ……」

「あんたねー！　どこ行ってたのよ。肝心《かんじん》な時に役立たずなんだからあ！」

デュアンが気をゆるめたすきに、彼の手から抜け出したアニエスが叫んだ。

オルバはそれには何も答えず、重いロングソードを片手に下げて近づいてきた。

＊

グリフォンとクノックは、未《いま》だくんずほぐれつの格闘《かくとう》をやっていた。

どちらも伝説の魔獣同士《まじゅうどうし》。力に差はない。

しかし、グリフォンには鋭い爪と飛び回ることのできる羽がある。攻撃をしかけてきたかと思ったら、さっと飛んで逃げる。体勢を崩《くず》した隙《すき》に空から攻撃をしかけてくる……。この繰《く》り返し。

当然クノックはかなりの苦戦を強いられ、真っ白だった体には緑と赤の染みが点々と広がっていた。緑の生《お》い茂《しげ》った地面を転《ころ》がりまわったためにできた染《し》みと、血の染《し》みだ。

「おら、雪豹《ゆきひょう》の旦那《だんな》。どいたどいた！」

オルバが声をかけると、クノックは虚《うつ》ろな目を上げた。

と、その時、背後《はいご》からグリフォンが急降下。

アニエスの悲鳴《ひめい》とともに、クノックはドサッと地面に崩れ落ちてしまった。

「どうせ、おめぇも木の人形だろうが。とっくにわかってんだぞ、このやろ！　ほら、こっちだこっちだ！」

オルバはロングソードを振り回しながら、グリフォンを巧《たく》みに誘導《ゆうどう》していった。

その隙に、デュアンがクノックの傷を診《み》る。

背中からは血が滴《したた》り落ちてはいたが、思ったより深い傷ではなく、幸い命にも別状《べつじょう》ないようだった。

「チェック！　ここんとこだけ止血《しけつ》してやってくれよ」

デュアンが声をかけると、心配そうにデュアンの後ろからのぞきこんでいたチェックがおつかなびっくりクノックの傍《かたわ》らに降り立った。

「血ー、止めるんだ？　ぎぃーっす」

「そうそう。それから、ヒールもかけてやってくれよ」

「わーかった」

チェックが止血の魔《ま》法《ほう》とヒールの魔法をかけているのを見て、アニエスが驚《おどろ》いた。

「このおチビさん、魔法なんて使えるの？」

「ああ、ごくレベルの低い奴《やつ》だけどね」

「へぇー！」

なんてやってると、オルバが玄関《げんかん》ホールの前で剣《けん》を振り回しながらわめいた。

「おめぇら、何なごんでんだ。時と場合を考えろ……ったく！　デュアン、さっさと館《やかた》への入り口を見つけろ。お――っと……!!」

間一髪《かんいっぱつ》！

オルバはグリフォンの爪《つめ》をよけ、その場に這《は》いつくばった。

「早くしろ――！　こなくそー！」

「わ、わかったよ！」

チェックの魔法のおかげで、少し元気になった（とはいってもまだ戦闘不能《せんとうふのう》ではあったが）クノックをアニエスにまかせ、デュアンは転《ころ》がるように館《やかた》の壁《かべ》に突進《とっしん》していった。

入り口……入り口……入り口……と。

「くそ！　ここもダメか」

頑丈《がんじょう》な鉄格子《てつごうし》のはまった窓をバンと平手《ひらて》で叩《たた》く。

「デュアン！　デュアン！　ぎぃーっす！」

「なんだよ、チェック。後にしてくれ！」

「デュアン！　デュアン！」

「うるさいってば。今、それどころじゃ……!?」

いくら言ってもチェックが騒《さわ》ぐから、つい邪険《じゃけん》に怒鳴《どな》りつけようとして。ふとデュアンは相手を見失った。すぐ近くで声がしたのに、チェックの姿がないのだ。

「デュアン！　ぎぃ――っす！　ここだ、ここだ！」

人間、焦《あせ》れば焦るほど、判断が甘《あま》くなるもの。デュアンは上ばかりを見て、下を見ていなかった。

チェックがフワフワした頭をヒョイと出したのは、デュアンのすぐ足下。丈《たけ》の高い雑草の合間、排水溝《はいすいこう》のような鉄格子の間からだ。とはいえ、人間ひとり出入りできるほどの大きさはある。

もしかして……!?

デュアンが期待で手を震《ふる》わせながら鉄格子のはまった入り口に手をかけ、グイと力をこめた瞬間《しゅんかん》、勢いよく後ろに尻餅《しりもち》をついてしまった。あまりにあっけなく入り口がはずれてしまったからだ。

4

「ひゃあああぁぁあああぁあ――――!」

「きゃあああぁぁぁ――――!!」

「うわあぁぁあああああああぁぁ――――!!」

文字通り三者三様の叫び声が暗《くら》いホールの中に響き渡《わた》った。

それを聞いた双子《ふたご》の魔女《まじょ》、オグマとサムラの喜ぶこと、喜ぶこと!

グリフォンの攻撃から逃げ出し、デュアンが見つけた入り口に転がりこんだ三人だったが。

この入り口、実は魔女たちの仕掛《しか》けたワナだったのだ。

地下への階段のようなものがあり、喜んだのも束の間《つかのま》。いきなり筒状《つつじょう》の急勾配《きゅうこうばい》になったからたまらない。ツルツルでどこにもつかまるところがなく、三人と一匹(クノック)は、ダストシュートを滑《すべ》り落ちるように成《な》すすべもなく落ちていった。羽のあるチェックだけがヒ

ラヒラと追いかけていく。

「うわあ！」

「きゃあん!!」

「うげぇ！」

勢いよく暗《くら》い床《ゆか》に投げ出された三人が折り重なったまま呻《うめ》いた。さすがにクノックは、うまく着地したが……。

「お、重いぃ――、どいてよぉ」

アニエスは、細いウエストの上にあったオルバの長い足をどけようと必死にもがいた。

「おお、悪《わ》りぃ悪りぃ」

ヒョイと足をどけたオルバだったが、今度は反対側にいたデュアンの後頭部を思いっきり蹴《け》っとばしてしまった。

「ちょ、ちょっとぉ――！」

ドカッと前につんのめったデュアンが文句《もんく》を言う。

「だははは、何せ足が長いもんだからな」

「…………」

と、アニエスが指さした。

「ねぇ……あの光！」

彼女が言ってる『光』というのは、この薄暗《うすぐら》い地下室の四方から細く差しこんでいる光のこと。それは、アニエスたちが滑り落ちてきた入り口から差している光と全《まった》く同じよう。

つまりこの地下室が入り組んだ部屋になったりしていないのは一目瞭然《いちもくりようぜん》で。何本かの支柱が立っているだけの、要するに広く天井《てんじよう》の高い縁《えん》の下というかんじだった。

「しかし、上か下か……どっかに行ける通路があんだろ。おい、デュアン、ポタカンだ。リュックの横に下げてあんだろ」

オルバはゆっくり立ち上がりながらデュアンのほうに手を出した。

「ポタカン？」

デュアンが聞き返すと、

「ポータブルカンテラのこと！」

うるさそうに答えた。

「ああ、ポータブルカンテラね……、はいはい」

オルバの言った通り、彼の重いリュックの横に小振《こぶ》りの携帯用《けいたいよう》カンテラが紐《ひも》で縛《しば》りつけられていた。

オルバはデュアンからカンテラを受け取ると、カチリと軽い音をたて、スイッチを入れた。

途端《とたん》、薄暗《うすぐら》かった地下室が彼らの回りだけ眩《まぶ》しいくらいの明るさに包まれた。このポータブルカンテラ、小さくともかなり性能がいいようだ。

「おまえら、ここで待ってろ。ちょっと調べてくるからな」

そう言い残すと、オルバは上や下をカンテラで照らしながら注意深く探索《たんさく》し始めた。

「やだ。すっごいホコリ……ゴホッゴホゴホ……」

立ち上がったアニエスがローブを払うと、ホコリが白く舞い踊った。

「わっ……や、やめろよ、ここで払うのは。外で払ってくれよ」

もろにホコリの攻撃を受けたデュアンが、両手で顔のあたりを払いながら悲鳴をあげた。

「きゃあ、何これ、何これ。ねぇ、背中、ここんとこ見てくんない?」

アニエスがピョンピョン跳ねながらデュアンのほうに背中を向けた。

「なんだよ……」

見ると、蜘蛛が一匹、彼女の背中から振り落とされないよう必死にしがみついていた。

CATALOG
ケッコー通販
カタログ

冒険者なら必携
「ポータブル・カンテラ」

定価30G
冒険者価格
20G

従来の吊り下げタイプのカンテラや風で吹き消えてしまうロウソク、使い捨ての松明……などでは、本当の冒険はできません。

わが社独自に開発した安価な固形燃料(ゾウラ油使用)で、連続使用も実現。普段は腰のベルトやリュックに吊り下げておけますし、固形燃料ですので、燃料がこぼれ出すといった心配もありません。明るく、確実な冒険者必携の照明……。すっきりしたデザイン、より活動的になったポータブル・カンテラをぜひ、一度手に取ってお試しください。

冒険を科学する
株式会社リングワンダ

うに大人《おとな》の手のひらサイズはあろうかという足高蜘蛛《あしだかくも》だ。

「ただの蜘蛛だよ」

「きゃあー！　取って、取って！　わたし、スライムの次に蜘蛛とかね、足がいっぱいあるのが嫌《きら》いなのよ！」

デュアンがひょいと蜘蛛をつまみあげ床《ゆか》に落とすと、アニエスはその辺《へん》にあった板っきれでつぶそうとした。

「やめろよ。別に、こいつ、ぼくたちに害《がい》を加えたりしないだろ？　むしろ、害虫とか取ってくれるから益虫《えきちゅう》なんだぜ？　まったく。攻撃的なんだからな、君って」

デュアンがあわてて押し止めると、彼女は感心したような顔で彼を見た。

「な、なんだよ」

憮然《ぶぜん》とした表情でデュアンが口をとがらす。

「あんたって、平和主義者なのねぇ。だから、レベル、上がんないんじゃない？」

つき――――！

かわいくねぇー奴《やつ》！

「ほ、ほっといてくれ！」

顔を真っ赤にしてデュアンが叫ぶと、

「そうだ！　冒険者《ぼうけんしゃ》カード、わたしにも見せてよ。わたしの、あんた見たんでしょ？」

にっこり笑ってアニエスが手を出した。

「や、やだよ。そんなの、見たって別に面白《おもしろ》くも何ともないだろ」

デュアンはあわてて冒険者カードの入ったケースを服の上から押さえた。

「面白いかどうかはわたしが決めるもん。ううん、すっごく興味あるなぁ。だって、わたし、今までずーっとクノックと二人っきりだったでしょ。他《ほか》の冒険者と話すのなんてあんまりなくって。だから、他の人のカードなんてのも見たことないんだよね。だから、興味あるなー！　すっごく！」

「だぁあ！　しつっこいなぁ。いやなもんは、いやなの！」

「けち——！」

「ふん、けちで結構《けっこう》！」

「あああ——!!」

急にアニエスが口に両手をやって立ちつくした。

「なんだよ、今度は」

「わたし、荷物、外に置いてきちゃった！」

「そうか。でも、ま、帰りに持って帰ればいいじゃん」

「そうだけど……忘れそうだな。ねぇ、忘れないよう、あんたも覚えててね。絶対よ！」

「んなの、自分で覚えてろよ」

「やっぱ、けちだ！　すんごいけち！」

「だから、けちで結構《けっこう》って言ってるだろお？」

二人でヤイヤイやっていると、いきなり眩《まぶ》しい光が二人を包んだ。

「おめぇらなあぁ――！」

オルバだった。

＊

「あ、オルバ。どうだった？」

助かったとばかりにデュアンがオルバのほうにかけよる。

「たぶん、あっちの……」

と言って、ずっとずっと向こうの端《はし》に細く差しこんでいる光を指した。

「あの穴を登るんだろうな。さっき俺《おれ》が館《やかた》の裏手《うらて》のほうに回って調べた時にさ、裏口らしい入り口があったんだ。だけど、魔法《まほう》のバリアかなんかが張ってあんだろうな。目では見えるんだが、近寄ろうとすると跳《は》ね返されちまうってぇ仕掛《しか》けでさ」

「ああ、わかった。あの穴から登ると、そのバリア越えて裏口のほうに出られるんじゃないかってわけ？」

「ご名答《めいとう》」

オルバが片目をつぶってみせた。

「方向と距離的には合ってる。裏口っぽいところのすぐ下に、小せぇ穴が開いてたしな」

「じゃ、早いとこ、行きましょうよ。こんな暗《くら》くて湿気てて気持ち悪いとこ、早く出たいわ！」

アニエスはそう言うと、ずんずん先頭になって歩いていった。ずっと腰《こし》を下ろしていたクノックがゆっくりと立ち上がり、彼女の後を追いかけた。

もうだいぶ傷のほうはいいらしいが、それでも歩き方がぎこちない。さっきのグリフォンとの戦いが体力的にかなりダメージになっているようだった。

光が細長く差しこんでいる壁《かべ》まで着くと、アニエスが穴の中をのぞきこみ、すぐに後ろを振り返った。

「ねぇ！　どうやってここ、登るわけ？」

彼女が言うのも無理《むり》はない。さっき滑《すべ》り落ちた穴と全《まった》く同じく、這《は》って登るにはあまりにも急勾配《きゅうこうばい》だし。その上ツルツルしていてどこにもひっかかりがない。のぞきこんでも小さく光が見えるだけ。

「このチビ助にロープ持って飛んでってもらってだ。どっか頑丈《がんじょう》な木か柱にフックを引っかけてもらえばいい」

オルバはそう言って、今度はデュアンをうながした。

「リュックの中にフック付きのロープが入ってんだろ。そう、それだ。丸い銀色のケースに入ってる奴《やつ》……」

デュアンがリュックから取り出したのは、直径二十センチ程度の銀色の円盤《えんばん》だった。ほんの一～二センチほどの厚みがある。

オルバはその円盤からクルクルと細いロープを引き出していった。

「こんな細いので平気なの？」

デュアンが心配そうに聞いたが、オルバは笑って答えた。

「牛の二頭や三頭、引っ張ったって切れやしねぇーんだぜ。……てな、広告だったが、まぁ、試したこたぁねーがな。ま、しかし、頑丈なことは立証《りっしょう》済みだ。安心しな。それより、そのチビ助に頼《たの》んでくんねーかな、さっきの件《けん》」

「ああ、いいよ。チェック、ちょっと来いよ」

デュアンが呼ぶまでもなく、詮索《せんさく》好《ず》きのチェックは銀色の円盤をのぞきこんでいた。

「なんだ？　ぎぃーっす」

「このロープを持って、この穴を飛んで登ってってほしいんだ。で、それから……」

説明を続けようとするデュアンの肩をオルバがグイとつかんだ。

「え？」という顔で見上げるデュアンに、オルバは口の前で指を立てて見せ、黙るよう目顔で命令した。

にわかに、また緊張感があたりにみなぎる。

アニエスもクノックの首に手を置き、オルバがようすをうかがっている辺りを凝視した。

CATALOG

ケッコー通販カタログ

定価100G
冒険者価格95G

フック付きロープの決定版！

「巻き巻キープ」

見上げるような断崖絶壁、ツルツルと手がかりのない城壁……。フック付きロープが冒険者にとっての必需品であることは今さら言うまでもありません。しかし、単なるロープで本当にいいのでしょうか!?

当社独自の巻き取り式だから携帯に便利。何度でも使える取り外し可能のフック。そして、何より絶対安心保証付き。牛の二頭三頭、引っ張ったって切れやしません。

フック付きロープは、「巻き巻キープ」とご用命ください。

冒険企画（有）

「はっ……、はっ……、はっ……、はっ……」

不気味《ぶきみ》な静寂《せいじゃく》の中、獣《けもの》の息づかいのようなものが聞こえる。

「危険！　危険！　危険!!」

その静寂を破るだけ破りまくって、例によってチェックが甲高《かんだか》い声をあげて騒《さわ》ぎだした。

「ばかやろっ。んなこたぁ百も承知《しょうち》なんだ。静かにしろ、このタコ！」

チェックの頭を後ろから軽くはたくオルバ。

「ぐわあぁああ……！　ぶふぅ、はぁ、はぁ」

薄暗《うすぐら》い地下、太い柱の影《かげ》から現れた筋肉質《きんにくしつ》な化け物《ばもの》。

それを見上げて、オルバがうめいた。

「おいおい、今度はヤッコさんかよ……」

化け物は長く重そうな斧《おの》を振り上げ、もう一度威嚇《いかく》の唸《うな》り声をあげた。

体は人間だが、先割れの蹄《ひづめ》の足と牛の頭を持った魔獣《まじゅう》。

次に魔女《まじょ》が送りこんできたモンスターは、あまりにも有名な……そう、ミノタウロスだったのだ！

5

大きく反《そ》り返った二本の角《つの》を頂《いただき》に、モシャモシャと額《ひたい》にかかる長髪《ちょうはつ》。

その不潔《ふけつ》な髪《かみ》の間から光らせている、赤く充血《じゅうけつ》した目には知性のカケラもない。

喉元《のどもと》まで滴《したた》り落ちたよだれのせいで、特徴ある鼻先《はなさき》も口元もテラテラと濡《ぬ》れ光っている。

筋骨隆々《きんこつりゅうりゅう》、鋼《はがね》でできたような巨体。足の途中から牛に変わっているのが、なんとも不気味だ。

「ぶふぁぁあ、あぁあ！」

ミノタウロスはオルバたちのようすをうかがうように大きな頭を少し傾《かし》げた。

すごい鼻息だ。

「ど、ど、どうどうする⁉」

あまりの恐怖《きょうふ》に、奥歯がカタカタ鳴って止まらない。

デュアンがやっとこさオルバに聞くと、

「作戦は変更《へんこう》なし、だ。この穴から上に出る」

ロングソードを持ち直し、オルバは顎《あご》をしゃくった。

だから早くチェックにロープを上のどこかに結《ゆ》わえさせろというのだ。

「わ、わ、わかった……よ、よし、チェック。いいな、頼《たの》んだぞ」
デュアンがチェックにロープの端《はし》を持たせ、穴の下でチェックのようすを見ている間、アニエスはクノックの首にかじりついたまま、やっぱりガタガタ震《ふる》えていた。

と、いきなり、

「うぐあぁ！」

ミノタウロスが斧《おの》を前に振り下ろした。

「きゃあああああ！」

アニエスのすぐ前の柱に鈍《にぶ》い音がした。斧の切っ先が当たった音だ。

「がうっ!!」

クノックが今にも飛びかかろうとするのをアニエスは懸命《けんめい》に抑《おさ》えた。

「だめ！　だめよ、クノック。あなた、さっきの戦いで疲《つか》れてるんだから、今こんな化《ば》け物《もの》と戦ったりしちゃ、今度こそ死んじゃう!!」

しかし、なおもクノックはミノタウロスにかかっていこうと暴《あば》れた。

ミノタウロスのほうも、そのようすを見て、大きな頭を再度《さいど》傾《かたむ》けた。斧を持った太い腕《うで》が再《ふた》び頭上に振り上げられる。

「きゃあぁ！」

思わずアニエスは目を閉《と》じた。

その隙《すき》に、クノックが彼女の束縛《そくばく》を逃れ、果敢《かかん》にもミノタウロスめがけ飛びかかっていった。

「だめー！　だめぇ――――！」

アニエスが絶叫《ぜっきょう》する。

その時、デュアンが叫んだ。手にはロープを握《にぎ》りしめ、

「準備できたよ！」

「よぉーし。デュアン、先に登れ。次にこのお姫《ひめ》さんを引っ張り上げてやれ」

オルバが言うと、デュアンは大きくうなずき、ロープを二巻き手首に巻き付けると、必死に急勾配《きゅうこうばい》の穴を登っていった。

「デュアン、ぎぃーっす！　がんばーれ」

穴の出口では、チェックが手を叩《たた》いてデュアンを応援している。

腕力《わんりょく》にはあまり自信がない。それでも、ここはそんな生《なま》っちょろいことを言ってる場合じゃない。

一歩、一歩。ともすれば滑《すべ》り落ちそうになるのを懸命《けんめい》にこらえ、足の裏でふんばって登っていく。

「はあ、はあ、はあ、だあ――――」

やっとこさ、出口に手がかかった。

滴《したた》り落ちる汗《あせ》が目に入る。

「はぁ……」

出口に両手をかけ、外に這《は》いあがる。

オルバの言った通り、すぐそばに裏口と思われるドアがあった。ロープはそのドアの横に立っている大きな木の幹を二回りし、がっちりとフックで固定されてあった。チェックにしては上出来だ。

「えらいぞ、チェック」

チェックは何を誉《ほ》められたのかわからないようで、小さな首を傾《かし》げた。

こうしちゃいられない！

「お――い、アニエス。もういいよ。早く登っといで」

しかし、なかなか彼女が登ってくる気《け》配《はい》がなかった。

なぜか……。

またもや彼女は魔《ま》法《ほう》を使うのだといって聞かなかったのだ。

しかし、それもしかたないだろう。兄妹ともいっていい、クノックがあの恐《おそ》ろしいミノタウロスと目の前で死《し》闘《とう》を繰《く》り広げていたのだから。

「離して!!　クノックが死んじゃうじゃない！　あんな奴《やつ》、わたしが丸焦《まるこ》げにしてやる！」

「うるさい。おめぇがここにいると、ジャマなんだよ。あの雪豹《ゆきひょう》の旦那《だんな》が心配なら、はえーとこ、上に登っておとなしく待ってな」

「いやよ！　クノックを置いて自分だけ逃げるなんてできないわ！」

「ったく。俺《おれ》だって、おめぇになんかかまってらんねぇーんだ。終《しま》いにゃこのロープで縛《しば》りあげちまうぞ!!」

アニエスの手首をつかみ、オルバが怒鳴《どな》りつけた。

「な、なんですってー!?」

もちろん、それで黙《だま》るアニエスではない。

しかし、オルバは自分の言った言葉を口の中で反芻《はんすう》し、アニエスの大声も耳に入らないようすで、何か思いを巡《めぐ》らしているような顔をした。

「どうしたのよ！」

アニエスが聞いたが、オルバはそれには答えず、

「いいな。ここで待ってろ。絶対に、ここから動くな。これは命令だ！」

彼女をその場に残し、穴から垂《た》れ下がったロープにロングソードをあて、手元で切ってしまった。

ロープに手応《てごた》えを感じたデュアンが、

「ねぇ、どうかしたの？　アニエスは？　登ってくるんだね？」

と、聞いた。

「説明は後だ。デュアン、おめえもそこから離れるんじゃねーぞ。じっとしてろ」

穴の上のデュアンに一声かけると、オルバはロープの入った銀色の円盤《えんばん》を左の脇《わき》に挟《はさ》み、どんどんロープを引き出していった。

そして、地面に転《ころ》がっていたゲンコツ程度の石をロープの端《はし》にくくりつけると、「えい！」というかけ声もろとも、ミノタウロスの頭めがけて石のついたロープを投げつけた。

ロープは怪物《かいぶつ》の二本の角《つの》に絡《から》みつき、石は角の回りを回って止まった。

しかし、ミノタウロスは敏捷《びんしょう》なクノックの動きに追いつくので必死。自分の角にそんなものが結《ゆ》わえつけられたことなど、まだ気がついていないようだ。

動作も鈍《にぶ》ければ、感度《かんど》も鈍い。

この魔獣《まじゅう》、とことん体力勝負らしい。

「よぉ――し、雪豹の旦那。ごくろうだが、その牛野郎《うしやろう》ふんじばってやるから、もうちょい相手しててくれよな」

オルバはそう言うと、ロープを持ってグルグルグルグル、近くの柱の回りを回っていった。

さすがのミノタウロスも自分の体が厄介《やっかい》な状態にあることに、ようやく気づいた。しかし、時すでに遅《おそ》し。ミノタウロスは、さながら蜘蛛《くも》につかまえられた虫のよう。

何重にも張《は》り巡《めぐ》らされたロープの中で、もがき暴《あば》れ……するのだが、すればするほど体力を浪費《ろうひ》するだけ。どうにもこうにも……彼に今できることは、怒《いか》りにまかせて吠《ほ》えることだけだった。

「へへ、あの広告もまんざらウソじゃなかったんだな」

オルバがロープをがっちりと柱に固定しながら言うと、アニエスが聞き返した。

「広告って？」

彼はロープの入った銀色の円盤《えんばん》を手の中で弾《はず》ませ、ニヤリと笑って答えた。

「ほら、このロープの広告さ。牛の二頭や三頭、引っ張ったって切れやしねぇーっていうさ」

その時、雪豹《ゆきひょう》のクノックが疲《つか》れた足どりで帰ってきた。

「クノック！　だいじょうぶなの？」

アニエスが聞くと、心配するなというように彼女のほうに顔を上げた。

クノックの首根っこにギュッとしがみつくアニエス。

オルバは、彼女の頭にポンと手を置き、上を見上げた。

「よぉーし、んじゃ、行くぜ。しわだらけの魔女《まじょ》の面《ツラ》でも拝《おが》みにな！」

TO BE CONTINUED

モンスターポケットミニ図鑑

MONSTER CATALOG

グリーニア

体長、20センチくらいの肩乗りタイプ。黒目がちの大きな目。飛行能力あり。

通常は森の奥深くで、ひっそりと住み、人を嫌う。人の言葉はわかるし、片言だが話せる。レベルの低い守備魔法が使える。簡単な傷の治療、状態治癒(毒、麻痺)、体力の回復。

攻撃的な種族ではなく、攻撃手段も持たない。彼らと遭遇した時は、そっと逃がしてやることだ。

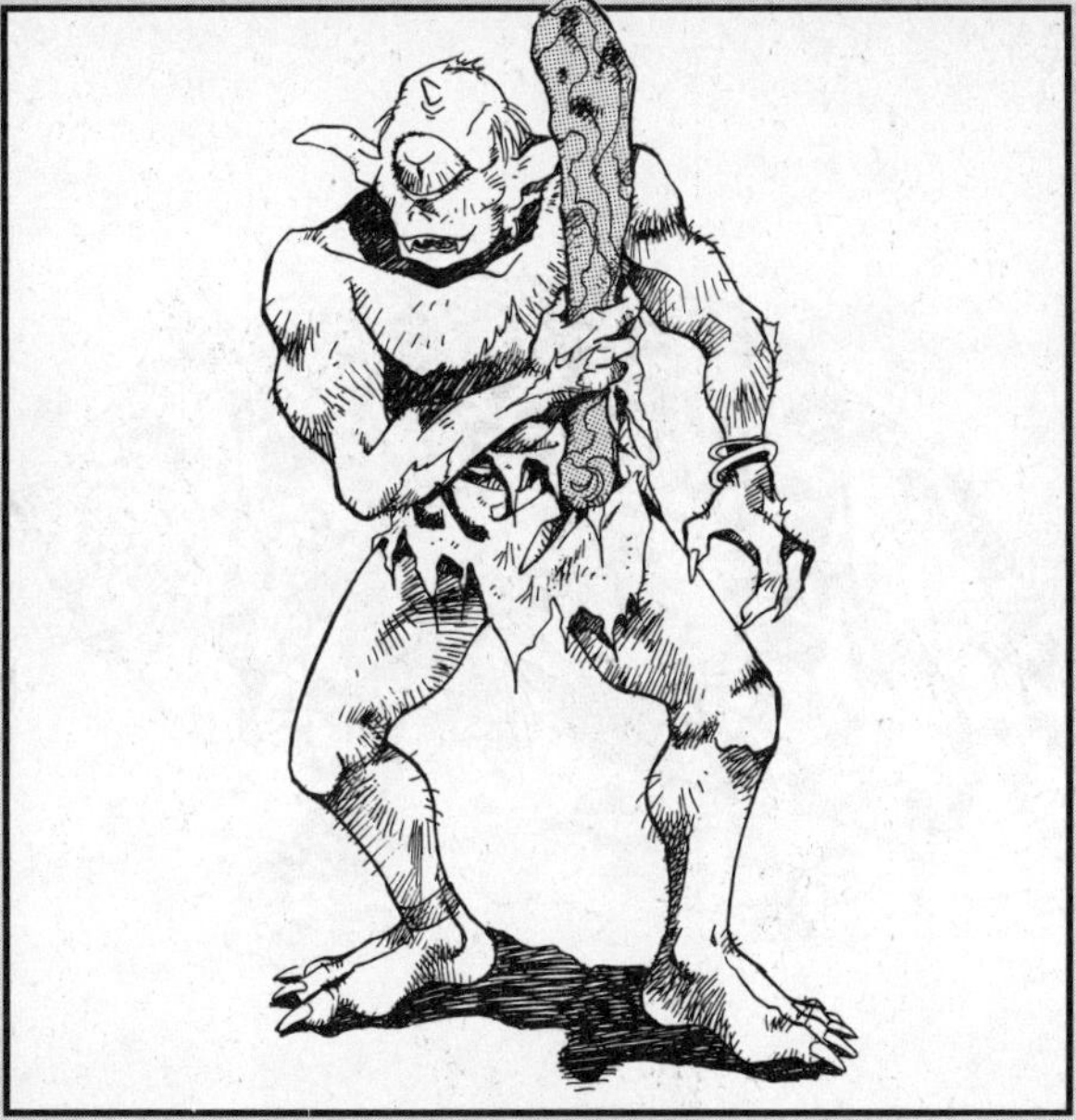

サイクロプス

ひとつ目の巨人。長耳族でもあり、角が１本頭部の中央に突き出ている。小山ほどもある頑健な体軀、そして岩をも砕くと言われる怪力。その上、その体力たるや底なしである。つまり、体力勝負で勝とうなどと思う者は、このサイクロプス以下の知能しかないと言わざるをえない。

もし、逃げるのではなく戦うというのなら、彼らの知能程度の低さを利用し、作戦をたてて挑むべきである。弱点は、そのひとつしかない目。これをうまく突くことができれば勝ち目もある。ただ、それにはかなり熟練した技術が必要になるだろう。可能であれば逃げることをお勧めしたい。気づいた時には、あの太い腕と鋭い爪で殴り倒されているだろうから。

まぁ、しかし、伝説にまでなっているのを見ればわかるように、滅多に遭遇することもないから、無用の心配と言えるだろう。

雪豹

その見事な純白の毛並みとプロポーションの良さ、希少性から、伝説化されたモンスター。ただし、伝説ではなく実在するモンスターである。

主に、切り立った山の中や雪の深い森に１匹だけで暮らすのを好む。攻撃力は、その鋭い爪と牙。大変知能が高いため、ただ単に体力勝負で戦うようなやり方はしない。常に、その地形や相手の弱点などを判断し、もっとも効果的な方法をとる。つまり、彼らを相手にするときは、こちらも頭を使う必要があるのだ。

グリーンスライム

もっともポピュラーなスライム。文字通りきれいなグリーンで、ほとんど無害。ただし、大きなものは体長5メートルにもおよぶものがあったりするので、通路をふさがれ困ったという報告もある。

初心者にとっては、いい経験値稼ぎになるだろうから、見かけた時は挑戦してみるといい。

通常攻撃、魔法攻撃ともに有効。

ヒュドラー

複数の首を持つ大蛇。伝説のモンスターであり、遭遇したという報告は実際にはまだない。もちろん、双頭の大蛇や三つ首の大蛇に出会ったという話はチラホラある。あるにはあるが、せいぜい大きくて全長3、4メートル。このヒュドラーと呼ばれる化け物は、全長が10メートルにも達し、恐ろしいことに何本かの短い足もあり、その巨大な上半身をズルズルと引きずりながら、歩いてくるというのだ。

毒のあるもの、火を吹くもの等、伝説によってマチマチだが、どちらにしても、そうとう手強い相手だというのは間違いない。

1本の首を切り落とした後、その傷口から新たに2本の首が生えてきたなどという、身の毛もよだつ話もある。そうならないようにするには、傷口をすかさず焼けばいいらしいが、それも確証のない話である。

ペキュリーズ

体長は30センチそこそこ。長い毛と大きな目が特徴の愛らしいモンスター。甲高い声で鳴く。動作は素早い。

両手両足の爪が鋭いので、不用意に抱き上げたりしないこと。引っかかれるのがおちだからだ。

ほとんど攻撃対象にはならないので、無用の殺生は避けたい。

その愛らしさから、しばしば愛玩用に飼われたりすることもあるが、数が少ないので高価である。出会うチャンスがあれば、生け捕りにすると高く売れる。ただし、毛皮は、あまり質のいいものではないので、買い取ってくれる商人はいない。

グリフォン

数多くの物語に登場する、伝説の魔獣。鷲の頭と翼を持つライオンの姿は勇猛であり、気高くもある。鋭い爪と嘴、素晴らしい体格に比例したパワー。その上、自由に空を飛べるという、敵にすると非常に厄介な彼ら。遭遇するチャンスは非常に少ないが、万が一相対することがあったら、少しでも不安があるのならさっさと逃げるのが得策である。

ミノタウロス

牛の頭を持つ恐ろしいモンスター。半身半獣の魔獣の中でも、特に有名なのがこのミノタウロスかもしれない。遭遇確率は非常に少ないが、主にダンジョンの奥深くに単体で潜んでいる。

武器は、何といってもその強靱な肉体と怪力。恐慌など、魔力のあるものもあると言うが、まだその実体は明らかにされていない。

弱点についても報告待ちであるが直接攻撃、魔法攻撃ともに有効であることは確認済みである。とにもかくにも体力があるから、長期戦になることだけは覚悟されたい。

あとがき

書きたくて、書きたくて……ずーっとあたためていたのが、このデュアンです。

そうだな。構想《こうそう》……八年とか？

実は、フォーチュンでデビューしたわたしですが、フォーチュンを書く前から、このデュアン君の構想はあって、いつか書きたいなぁと思ってたのよね。

気が長いというか、しつこいというか。

わたしはね、自慢《じまん》じゃないけど、実生活ではけっこうサッパリしてるほうなの。いや、サッパリしすぎって話もあるくらい。

なんだけど、こと、こういうことに関《かん》しては、割にしつこい性格してるらしいね。

ま、そうじゃなきゃ、こんな商売やってられないんだろうけど。

デュアン君は、フォーチュンのキットンが持っているポケットミニ図鑑《ずかん》中にも登場している伝説の勇者《ゆうしゃ》です。

つまり、それくらい将来はめちゃめちゃ強くなる人なんだけど、今回の『魔女《まじょ》の森《もり》』は彼の記念すべき初めてのクエストでして、だからぜんぜん弱っちい。

フォーチュンもそうだし、ドラクエとかもそうだけど。わたしって、レベルが無茶苦茶《むちゃくちゃ》上がってからの話って、あんまり興味ないんだな。

やっぱり初期の頃《ころ》の、ちゃんと装備《そうび》も整ってなくって、何とかやりくりしながらもいい武器や防具《ぼうぐ》を少しずつ買いそろえていく……そんなちいさな幸せがいっぱいある、初心者《しょしんしゃ》の話が好きなんだよね。

しっかし、このデュアン君。中古の皮のアーマーに、誰《だれ》かにだまされて買ったショートソードが一本切り。

フォーチュンのCDドラマでパステル役をしてくれている中川亜紀子《なかがわあきこ》さんにイラストを見せたことがあるんだけど。彼女は一目《ひとめ》見るなり「わぁ、かわいい女の子!」と言ってくれたっけ。

でもね。彼の良さって、たぶん「これだ」ってかんじで、簡単《かんたん》には言えないんじゃないのかな。

そして、彼の良さイコール強さってことで。

パステルたちもそうだけど、いろんな人に会って、いろんなことを経験して、いろんなことを思い悩《なや》んだり喜んだり悲しんだりしていって、んで、はっと気づくとけっこう成長してたね……みたいな。

ただ攻撃力が上がるとかいうんじゃなくて、心のほうのRPGもしていくっていうのかな。ほら、あるじゃないですか。今までは何の抵抗《ていこう》もなくできていたことが、急にできなくなったなんてこと。

そういう壁《かべ》をいくつもいくつも越えていかなくっちゃいけないわけで。そこがまた興味のつきないところ。

わたしはとにかく、このデュアン君が好き。

なーんかこう、ほっとけない奴《やつ》でしょ。

オルバもそうだろうな。だから、なんだーかんだー言いつつ、世話しちゃうんだろう。

そうそう。わたしはこのオルバも好き。

実はモデルがいます。知ってるかなぁー？　ジョージ・ルーカスが作った『ウィロー』というファンタジー映画。あれに登場したマドマーティガンっていうファイターです。

彼がいい味出してたね。一時はほんとにハマって、何度も何度も見直したものです。

ウィローももちろんよかったなぁ。最後の白魔法《しろまほう》と黒魔法との戦いも壮絶《そうぜつ》だったし、妖精《ようせい》やゴブリン、双頭《そうとう》のヒュドラなんてのも出てきたし。もし、まだ見てない人は要チェックです。

んでもって、紅《こう》一点のアニエス。こんなに女の子らしい女の子を書いたのは、珍《めずら》しいかもしれない。

とはいっても、ただかわいかったり優《やさ》しかったりする女らしさじゃない。言うべきことは言うし、優しさや柔《やわ》らかさもあるっていう。

彼女の潔癖《けっぺき》さや一途《いちず》さが伝わってくれればうれしい。

それから、今回は有名モンスターが総登場!!　って感じで、それもすっごく楽しかった。その上、ちゃんと戦ってるし。

初心者《しょしんしゃ》パーティの話ばかり書いてるから、こういうのってあんまりなかったものね。

もちろん、逃げるのがダメっていうわけじゃないよ。時と場合による。それから、その人たちの力とか、状態とかもね。

百年の隔《へだ》たりはあるけれど、フォーチュンの世界と同じでしょ。だから、同じようなアイテムが出てきたり（たとえば、ポータブルカンテラの初期型バージョンとか）、どこかで聞いたことのあるような地名が出てきたりすると思います。そのへんも楽しんでいただければうれしい。

もちろん、その逆もあるよね。

デュアンから読んで下さった人がフォーチュンを読むと、そのルーツを知ってるだけにわかること、面白《おもしろ》いことが出てくるかも。

そうそう。この本、わたしの本にしてはページが少ないでしょう？

これ、担当の伊藤さんとずーっと悩んでたんだけど、上下一冊にまとめてしまうと、今度はえらく分厚い本になってしまう。だから、せっかくたくさんあるイラストも削《けず》らなくっちゃいけなくなる……。

というわけで。結局、あれこれ考えたあげくですね。上下巻にしましょうということになりました。そのほうがイラストのスペースもゆったりとれるし、他に、デュアン君のお料理紹介のページとか、モンスターポケットミニ図鑑《ずかん》のページとかも楽々とれるからね。きっと、ページが少ない！　って、苦情がくると思うけど。そういうわけなので、勘弁《かんべん》してください。

何はともあれ、お気に入りのシリーズが始まりました。デュアンたちと、双子《ふたご》の魔女《まじょ》たちの対決、いったいどうなるのか……。次に登場するモンスターは何なのか!?　アニエスを追う男は？

さて、次は下巻でお会いしましょうね。

深沢美潮

★でも実は オルバって禁煙中なんですって…★

G.G.オルバ君
デュアンにはチェック
アニエスにはクノック
ほっほっほっ
気品があってしなやかなゴールデンコンビですのよ
しっぽ
・・・・・・
こいつが俺の頼りになる相棒だ！
あっはっは
かわいそう
オルバ友達いないの？
G.G.アニエス姫
あたしはねーデュアンが好きーー
あたしはねーオルバ様が好きーーー♥
えーーっやだ趣味わるうい あんな ただデカイだけの男ォ
家ん中にいたら邪魔じゃない！
何さっそっちこそあんなへなチョコ！
夜中にトイレにも1人じゃ行けないんじゃないのう
いいじゃないついてってあげれば！
じゃまでわるかったわねーーー！
わるかったわね～…
きゃっ
はっはっは

またね

本書は、「電撃王」（メディアワークス刊）一九九五年六月号〜十二月号
に掲載されたものに加筆・修正したものです。

◉深沢美潮著作リスト

著　書：「フォーチュン・クエスト①世にも幸せな冒険者たち」（角川スニーカー文庫）
「フォーチュン・クエスト②忘れられた村の忘れられたスープ(上)」（同）
「フォーチュン・クエスト③忘れられた村の忘れられたスープ(下)」（同）

「フォーチュン・クエスト④ようこそ！　呪われた城へ」（同）
「フォーチュン・クエスト⑤大魔術教団の謎(上)」（同）
「フォーチュン・クエスト⑥大魔術教団の謎(下)」（同）
「フォーチュン・クエスト⑦隠された海図(上)」（同）
「フォーチュン・クエスト⑧隠された海図(下)」（同）
「パステルの旅立ちフォーチュン・クエスト外伝」（同）
「新フォーチュン・クエスト①白い竜の飛来した街」（電撃文庫）
「新フォーチュン・クエスト②キットン族の証《あかし》」（同）
「新フォーチュン・クエスト③偽りの王女」（同）
「バンド・クエスト①メンバーを捜せ！」（角川ルビー文庫）
「バンド・クエスト②楽器はどこだ？」（同）
「バンド・クエスト③音、出してみよう！」（同）

共著：「深沢電機有限会社」（ログアウト冒険文庫）

原作：「フォーチュン・クエスト①夢のなかの王女」（電撃コミックスＥＸ）
「フォーチュン・クエスト②ツミレの花咲く里」（同）
「ベイビー・ウィザード」（アスキーコミックス）

本書に対するご意見、ご感想をお寄せください。

■

あて先

〒101 東京都千代田区神田駿河台1-8 東京YWCA会館
メディアワークス書籍編集部気付
「深沢美潮先生」係
「おときたたかお先生」係

■

電撃文庫

デュアン・サーク①

魔女《まじょ》の森《もり》〈上〉

深沢《ふかざわ》美潮《みしお》

発行　一九九六年九月二十五日　初版発行

発行者　佐藤辰男

発行所　株式会社メディアワークス
〒一〇一　東京都千代田区神田駿河台一-八
東京YWCA会館
電話〇三-五二八一-五二〇七(編集)

発売元　株式会社主婦の友社
〒一〇一　東京都千代田区神田駿河台二-九
電話〇三-五二八〇-七五五〇(営業)

装丁者　荻窪裕司(META+MANIERA)

印刷・製本　旭印刷株式会社

落丁・乱丁本はお取り替えいたします。
定価はカバーに表示してあります。

ISBN4-07-305107-5 C0193

電撃文庫創刊に際して

文庫は、我が国にとどまらず、世界の書籍の流れのなかで〝小さな巨人〟としての地位を築いてきた。古今東西の名著を、廉価で手に入りやすい形で提供してきたからこそ、人は文庫を自分の師として、また青春の想い出として、語りついできたのである。

その源を、文化的にはドイツのレクラム文庫に求めるにせよ、規模の上でイギリスのペンギンブックスに求めるにせよ、いま文庫は知識人の層の多様化に従って、ますますその意義を大きくしていると言ってよい。

文庫出版の意味するものは、激動の現代のみならず将来にわたって、大きくなることはあっても、小さくなることはないだろう。

「電撃文庫」は、そのように多様化した対象に応え、歴史に耐えうる作品を収録するのはもちろん、新しい世紀を迎えるにあたって、既成の枠をこえる新鮮で強烈なアイ・オープナーたりたい。

その特異さ故に、この存在は、かつて文庫がはじめて出版世界に登場したときと、同じ戸惑いを読書人に与えるかもしれない。

しかし、〈Changing Time, Changing Publishing〉時代は変わって、出版も変わる。時を重ねるなかで、精神の糧として、心の一隅を占めるものとして、次なる文化の担い手の若者たちに確かな評価を得られると信じて、ここに「電撃文庫」を出版する。

1993年6月10日
角川歴彦

電撃文庫

結婚 ～Marriage～
いつかあなたと…

大倉らいた
イラスト／高乗陽子

『卒業』の5人組が帰ってくる。あれから8年がたち、彼女たちもお年頃。それぞれの出会いがあり、別れがある。一番最初にゴールインするのはいったい誰?

メルティランサー
夏の蜃気楼

山下 卓
イラスト／加藤泰久

女子高校生たちに何かが起きている。シルビィたちランサーに早速調査命令が下ったが、女子高に潜入したシルビィが見たものとは? 大人気ゲームをオリジナル小説化。

発行◎メディアワークス　発売◎主婦の友社